「いいよ、ほら。いっぱい愛してあげる」
掴まれている腰が痛い。でもそれ以上の興奮と快感に涙が出た。（本文より抜粋）

DARIA BUNKO

エリート王子が専属ご指名 ～愛されシェフの幸せレシピ～

高月まつり

ILLUSTRATION 相葉キョウコ

ILLUSTRATION
相葉キョウコ

CONTENTS

この作品はフィクションです。

実在の人物・団体・事件などに一切関係ありません。

エリート王子が専属ご指名 ～愛されシェフの幸せレシピ～

日野田陽登（ひのだはると）の朝は早い。

どんなときでも六時半に起き、小さな脱衣所のこれまた小さな洗面台で顔を洗う。清潔感があるというだけで黒髪短髪にしている髪を水で整え、歯を磨（みが）く。

「よし。今日も元気だな、俺」

肌荒れはなし。目の充血もなし。いつも通りの、あっさりしているが整った顔が鏡に映った。

二十一歳の春から数年、海外のいろんな場所を旅して回ったが、そのときも朝のルーティーンは変わらなかった。毎日の体調チェックは大事だ。

この顔を「あっさり」と評したのはイタリアで出会った青年で、彼は彫りの深い顔だった。日本語を勉強していた彼はとにかく日本人に声をかけたかったようで、陽登に話しかけてきた。

素晴らしいコミュニケーション能力のイタリア人はものの数分で陽登と打ち解け、三十秒ほど悩んでから、「ハルトはあっさりイケメン。モテルモテル」と太陽のような笑顔で言った。

彼とは何度かバルで会ったが、会うたびに「あっさりイケメン」と言われて悪い気はしなかった。

海外にいたときは「いい東洋顔だ」「ほんとに凹凸が少ない」などとからかい半分に言われたものだが、いちいち気にはしなかった。気にしていたらきりがない。スルーするに限る。なんと言われようとも二十六年も一緒の顔なのだ。愛着がある。

それに自分には「あっさりイケメン」というありがたい称号もあった。

「ふー……、そろそろ前髪を切った方がいいかな」

前髪の長さを確認し、ぐっと背伸びをしてその場でストレッチをする。

丁寧に筋を伸ばすと痛気持ちいい。上半身から順番に、腕、肩、腰ときて、アキレス腱を伸ばし、股関節を広げるようにしゃがんでじっくりと伸ばす。最後にゆっくり立ち上がって、腕を上げてぐっと伸びをしておしまい。

体がぽかぽかと温かくなって、手の先、足の先まで血が回っているのが分かる。

「まず、軽く何か腹に入れて……」

脱衣所から廊下に出て、台所の冷蔵庫を開けた。

バストイレは別、四畳半の台所、六畳の部屋という水回りを重視した間取りは、一人暮らしには十分だ。ただ、台所にあるファミリータイプの冷蔵庫だけが大きく異彩を放っている。

帰国してから「出張シェフ」を生業にしている陽登にとって、この冷蔵庫は「仕事道具」の一つで、中には作り置きの総菜やスイーツが山ほど入っている。もちろん作ったのは陽登だ。

Tシャツとスウェットの上からエプロンをつけ、冷蔵庫の中からセロリとキュウリとタマネギのマリネが入った容器を取り出す。

「あと、卵とバター……」

牛乳を切らしていたのに気づいたが、なくてもどうにかなるので気にしない。

ボウルの中に小麦粉と水と卵、そして少しの砂糖と塩を入れてダマにならないように掻き回す。熱したフライパンにはバターをたっぷりと入れ、綺麗に溶けて少し泡だったところへボウルの中身をレードルですくって入れる。

簡単仕様のパンケーキを四枚ほど作って大きめの皿に盛り、ペーパータオルで軽く拭いたフライパンでベーコンを焼いた。両面に焼き目が付いたらパンケーキの皿にのせる。

「赤色が足りないな」と言いながら無塩トマトジュースをグラスに注ぎ、フリーマーケットで手に入れたテーブルを朝食用にセッティングし始めた。

オリーブ色のランチョンマットに、丁寧に磨いた銀のカトラリー。

ベーコンを添えたパンケーキに、保存容器に入ったマリネ。一人暮らしなので、器に移し替えることなどしない。

「よし」

知り合いの家具店で買ったお気に入りの椅子に腰を下ろし、テーブルの端においてあるテレビのリモコンを操作する。朝食を食べながら朝のニュースを見るのが平日の日課だ。

湯気の立つパンケーキにナイフを入れて、ベーコンと一緒に口に入れる。

「うん。まあまあ、だな」

パンケーキにベーコンをのせて食べると甘塩っぱくて美味しい。途中でパンケーキの上に蜂蜜とベーコンをトッピングという悪魔の食べ物に変化させたが大変旨かった。

マリネも味がよく染みていて旨い。

トマトジュースで喉を潤していると、番組の内容が芸能ニュースに移行した。

陽登は芸能にはあまり興味がないのだが、BGMと思ってチャンネルはそのままにする。

すると、最近話題の「阿井川グループ」のネット配信サービスに関して、芸能人が「私も自分の配信チャンネルを持ってます」「それに、映画やドラマ、その他いろいろな配信コンテンツが揃っているんですよ」と笑顔で宣伝していた。

あー……「RIVERNET」か。海外の料理番組もやってくれないかな。結構面白いんだけどな、あれ。

ネット配信サービス会社は何社かあるが、陽登が見たい海外の料理番組はどこでも配信されていない。たまに業界人のSNSで紹介される程度だった。

RIVERNETを興したのは阿井川一族の一人、若き天才実業家だと紹介されて、本人がスタジオに登場した。

阿井川グループは日本は元より世界でも有名な複合企業の一つで、なんの会社か知らないがテレビCMは知っているという者も多い。

「うはー……すっげー顔がいいなこの人……って、この会社、俺が今度出張するところじゃないか」

来週末、阿井川グループの本社ビルで「ＲＩＶＥＲＮＥＴ」が順調に業績を上げているとのことで内輪のパーティーが開催されることになり、突如出張シェフを依頼された。

コネクションが欲しい陽登としては願ったり叶ったりで即座にオーケーした。

少し前に、さまざまな分野で活躍する人を紹介するテレビ番組の「出張シェフの舞台裏」という特集で取材された。ありがたいことに、その番組がＳＮＳでも話題になり、それから一気に予約が増えた。

もしかしたらスタッフの誰かが番組やＳＮＳを見て、「ＲＩＶＥＲＮＥＴ」の出張シェフの依頼が来たのかもしれないと思った。だとしたらありがたいことだ。

出張シェフにとって、企業パーティーのような機会は大事な顧客に繋がる可能性が高い。

「あの人が主催するパーティーの料理を引き受けることができたなんて、俺って凄いかも」

司会者に促されてセットのソファに腰を下ろす仕草も様になる。

髪と眉が焦げ茶で、目の色が薄い。アメリカで石好きの知り合いに見せてもらった「茶水晶」によく似ていた。舐めたら甘そうな色だ。

くっきりとした幅広の二重に彫りの深い顔立ちなのに、くどく見えないというか……逆に爽やかに見えるのは上品な造りのおかげだろう。

謎めいたアルカイックスマイル。スマイルと言っても笑って見えるように口角が上がっているだけだ。目が笑っていない。みなそれに気づく前に彼の美しさに見惚(みほ)れた。

陽登はそれに少し引っかかりを覚えたが、「仕事で忙しいといちいち笑ってられないよな」と憶測(おくそく)する。

司会者が彼を「王子」と呼んだ。

王子は少し長めの前髪を優雅に掻き上げ、司会者の「三十二歳独身と伺(うかが)いましたが、恋人は募集していらっしゃいますか？」というくだらない質問にも表情を変えずに「ええ」と答えている。

「阿井川拓実(たくみ)、か。本物に会うのは来週かな。そのときはよろしくお願いしたいです」

陽登はテレビ画面に一礼し、テーブルの上を片付ける。

その間も、拓実王子は笑顔で質問に答えていた。

パーティー当日は朝から目まぐるしい。

社内スタッフと事前に何度も打ち合わせをした。厨房の大きなキッチンに最初こそ戸惑ったがすぐに慣れた。欲しいものが見つからないなどのちょっとしたトラブルはいくつかあったが無事に乗り越えた。

今の自分ができる精一杯の料理を作り、パーティー会場の一角を華やかに彩った。

会社側が用意してくれた二人の助手の腕もよかった。

彼らの仕事に対する真摯な態度に、どれだけ助けられたことか。

「食べるよりも、お酒を楽しむ方々が多いと思うのですが、それでも、最低十品はお願いしたいです」とスタッフに言われて頑張った。

立食スタイルのパーティーということで、グラスを持っていても楽に食べられるようなものを、リクエストよりも多い十五品作った。

デザートのケーキは五種類。ムースや果物も用意する。

我ながらいい出来だと自画自賛した。料理は女性の一口サイズで、クラッカーやチコリの葉を器代わりにして丸ごと食べられるように作った。レイアウトにも「取りやすいように、且つ、ゴージャスな見た目を」と気合いを入れた。どんなに旨くても、盛り方が汚ければすべてが台無しになってしまう。

二人の助手も「なるほど!」とレイアウトに目を輝かせてくれたのが嬉しかった。

陽登はシェフジャケットと帽子をつけたまま、ビュッフェテーブルの一番端に目立たないように立つ。もし料理が足りなくなったらいつでも追加を指示できるように。

弦楽器の心地よい生演奏が流れる中、来客たちがグラス片手に料理を口にする。

「とっても美味しい」

そう言って、すぐに二つ目を口に入れる女性たち。

「食べやすいわ」「あら美味しい」「あなたも食べてみて」と、さざ波のような声に聞き耳を立てて心の中で拳を振り上げる。

グラス片手に談笑する男女の間をすり抜けるようにして、小さな子供が皿を両手に持って陽登の元に駆け寄った。ブレザーにリボンタイ、半ズボンのよそ行きを着ている。

子供はここに来たまではよかったが、それからどうしていいか分からずにモジモジと足踏みをした。

「どうしたのかな?」と声をかけたら、両手に持った皿で自分の顔を隠した。人混みに慣れていないのか、もしくは人見知りなのか。

子供はまだ何も言わずにモジモジしている。

「こんにちは。僕はきょうの料理を作ったシェフです。食べたいものがあるんですか?」

視線を合わせるように腰を屈めて、優しい声で尋ねてみた。

すると子供はようやく皿を顔から離し、頬を染めて「こんにちは」と言った。

「こんにちは。あの……………僕もご飯を、食べていいですか?」

ようやく喋ってくれた。

ここに盛ってくれと皿を出す仕草が可愛いが、まず、聞かなければならないことがあった。

「もちろん。でもその前に、一緒に来た大人に、何を食べても平気か聞いてくれますか？」

「あの、僕、アレルギーないです。なんでも食べられます。……なんでも食べられるので、連れてきてもらいました」

はにかむ顔が可愛い。

しかし、保護者の承諾なしに子供に勝手に料理を食べさせることはできない。

「ごめんね。一緒に来た人を連れてきてくれるかな？　僕はここで君を待ってます」

「………分かりました。本当に、待っててくださいね？　そのチョコレートケーキ、まだいっぱいありますか？」

「いっぱいあるよ。安心して」

その言葉を聞いた少年は頬を染めて小さく頷き、皿を持ったまま人混みの中に入って行き、すぐに男性を連れて戻ってきた。

「はい！　一緒に来た人、ですっ！　なんでも食べていいって言って！　拓実ちゃん！」

「え？　あ、ああ、はい。この子はなんのアレルギーもない。好きなものを好きなだけ食べさせてやっていただけますか？　私はこの子の保護者で、阿井川拓実と言います。このパーティーの主催です」

いきなり連れてこられて慌てた男は、すぐにアレルギーの話だと理解したらしい。

今度は陽登が面食らった。

輝く太陽のかけらが降ってきたのかと何度も瞬きした。

テレビで見た以上だ。

どこかの国の王子様かと思った。いやある意味王子様だろう。有名グループの一族の一人だ。

陽登は心の中で自分に「俺は夢見る女子か！」と突っ込みを入れた。それほど、子供が連れてきた実際の阿井川拓実は笑顔がまぶしく美しい「王子様」だった。スーツじゃなくてマントを羽織って白馬に乗ってほしかった。

「そうですか。よかった。じゃあ何が食べたい？　お皿にのせてあげるよ？」

動揺を必死で隠して、少年に話しかける。

「僕は阿井川聡です。小学二年生です。チョコレートケーキと、エビと、お肉をください」

さっきまでおどおどしていた子供が、今は笑顔で皿を差し出してリクエストをする。それを見ている拓実も「美味しそうでよかったね」と言って微笑んでいる。

陽登は彼らの笑顔に釣られた。

「はい聡君。まずは一つずつね。おかわりできるから」

皿にケーキや食べ物を盛って渡してやると、聡は目を輝かせてありがとうと言った。

彼は「拓実ちゃん、僕、向こうで食べてくるね！」と言ってソファに向かって歩いて行く。

「子供のアレルギーを気にしてくれてありがとう。思っていたよりマトモなシェフで、私も安心したよ」

爽やかな笑顔の王子が、聡が離れた途端に笑顔のままトゲのある言い方になった。

笑みを浮かべているのに陽登への視線が冷ややかで痛い。体にちくちく突き刺さる。なんでそんな視線を向けられるのか分からないが、華やかな場所で言い争いなどできないので、笑顔で言い返すしかない。

「アレルギーを気にするのは当然です」

そんなことも知らないのかという気持ちを込めて、胸を張って言い返した。

「ああ、そうですよね。君が、どこの馬の骨とも分からない、シェフという肩書きだけを付けた人間であるわけないですもんね。ふふ」

おいおい、言ってくれるじゃないか……っ！

キラキラと輝く笑みを浮かべ、柔らかな口調で言うが、彼の口から出てくる言葉はウニのようにトゲだらけだ。

「そちらこそ、パーティー前に一度ぐらいはお会いしたかったです。大事なパーティーなのに、事前の打ち合わせに責任者の方が一度も顔を見せないこともあるんですね」

笑顔には笑顔で、そしてトゲにはトゲで。

すると拓実はばつの悪そうな顔をして「本当に忙しかったんです」と言った。

いきなりしょんぼりした顔を見せられたので、俺も言い過ぎたかと謝罪しようとしたが、彼が「私が打ち合わせに来ていたら、シェフの決定までスタッフに任せることはなかっただろうに。いえ、あなたが素晴らしくないというわけではないんですけど」と言ったので、謝罪しようという気持ちは吹っ飛んだ。

「本当なら聡には名の通った有名店の料理を食べさせたかったのですが、パーティーを楽しみにしていたのに何も食べるなは可哀相でしょう？　あの子のために私は全力でなんでもしてやりたいんです」

「はあ……」

なんで俺がこんな嫌みを言われなくちゃならないんだ？　俺に依頼したのはそちらでしょうが。責任者ならその時点でチェックしろよ。おい。

陽登は曖昧に同意し、彼が早くこの場を立ち去ってくれることを願った。

「シェフだけでなくパティシエやショコラティエも呼んで、もっとこう……華やかにしたかったんですけどね、まあ、こういうこともあります。次回に期待ということで」

自分を見ながらため息をつく男にカチンときた。

たしかに自分に知名度は全くないが、だからといっていい加減な仕事をした覚えはない。むしろ、ちゃんと働けば名前を覚えてもらって次に繋がると信じている。

どこにでもクレームを付けたがる人間はいる。自分もいろいろなものを見てきただろうと心の中で呟いて、一呼吸置いて口を開いた。

「私の作ったものを食べた上での感想なら甘んじて受け入れますが、食べずに仰っているのでしたら、まずどうか召し上がってみてください」

「なんで私が？」

彼は体全体で「嫌だ」を醸し出している。これは是非とも食べていただかなくては。

「聡君や他のお客様は食べてくださってます。お客様に出しているものを主催のあなたが口にしていなくてよろしいのですか？」

陽登は人なつこい笑顔でそう言って、皿に料理を盛っていく。皮をカリカリに焼いて甘辛いソースを絡めた鴨、リガトーニというショートパスタにリコッタチーズを入れてフリットにした、食感がクリームコロッケに似たもの、ハーブをたっぷり入れた中東風の粗挽きソーセージの三品。そこに、聡が瞳を輝かせていたチョコレーケーキを添えた。

「どうぞ」

端から見れば、シェフが親切に料理をサーブしているようにしか見えない。

過去最高の笑顔を見せて、陽登は拓実に「はいどうぞ」と皿にフォークものせた。

「そんなわざわざ申し訳ないです」

騒ぎにしたくないのは彼も同じのはずだ。

拓実が仕方なさそうに料理を口に入れた。

最初は皮がカリカリの鴨だ。

嫌々口に入れた拓実が、ぴたりと動きを止めて、すぐに二つ目の鴨肉を口に入れた。それから皿に盛られた他の料理にも手を出す。

陽登はニヤニヤしたいのを堪えて、皿が空になるのを見ていた。

そこへ聡が「おかわりください！」と笑顔で戻ってくる。

「とても美味しかったです！　いつものお弁当より美味しい！　すばらしい……と言うんですよね？」

「お弁当？」

「はい。レートーデリバリーっていう、カチコチのお弁当。温めると美味しいけど、先生のご飯の方がもっと美味しいです！　拓実ちゃんも食べた？　凄く美味しいよね？」

聡の問いかけに、拓実は「凄く美味しかったよ。凄いシェフだね」と答える。さっきまでぶつぶつと文句を言っていたのに、よくも笑顔で言えたものだ。

「それはよかった」

陽登は、今度の皿には肉類だけでなくサラダものせてやった。デザートは桃のムースだ。

聡は「きゃー！」と喜んで、ごちそうののった皿を両手で持って再びソファに戻る。

「子供には大人気だね、君の料理は」

「女性にも人気ですよ。よく見てください」

「女性は可愛いものは大体なんでも好きだよね。ははは」

「そうですか？　私の料理はどうでしたか？」

　すると男は一瞬言葉に詰まって「よくある味だ……まあまあだな」とそっぽを向いて言った。素直じゃないなと笑いがこみ上げてくる。

「何を笑っている」

「いえ別に。……その、余計なお世話だとは思うのですが……さっきの聡君の言葉で思ったんです。冷凍食品ばかりではなく、ハウスキーパーを雇って家事をしてもらってはどうでしょう？　よかったら腕のいいハウスキーパーをご紹介できますよ？」

　きっと、いろいろとこだわりのありそうなこの男なら、一流のハウスキーパーを雇用するだろう。そうすればあの子供の食生活も改善されるに違いない。

　だが拓実は眉間に皺を寄せて「できるものならとうにやっている」と言い返してきた。

「え？」

「そもそもあなたには関係のないことです。人の家庭に口を挟まれても困ります。……まったく、素性の知れない人が来てしまうと、とんだハプニングが起きるものですね」

「プライベートに口を挟んだことについては謝罪しますが、それ以外はあなたも大概失礼ですよね。言われたことはありませんか？」

　笑顔で言ってやった……っ！

　……が、言ってから「あ、失敗した。俺にオファーをくれた担当さん、大変申し訳ない！」と頭を抱えた。

相手の右眉が上がったのに気づく。

だがそこに再度聡がやってきて、今度は「先生！　僕のおうちでご飯を作ってください！」と頬を染めて言った。

「待ちなさい、聡。この方にはお仕事があるんだよ？」

「僕のお小遣いでお願いします」

健気（けなげ）なことを言われると心が揺れる。

だが陽登の「出張料」は子供の小遣いでまかなえるものではない。

「聡。聞き分けて」

すると聡は目に涙をこんもりとためて、とぼとぼと出口に向かって歩き始めた。

「え？　ちょ、放っておいていいんですか？　子供を一人で帰らせたらダメですよ」

「秘書がいるから問題ありません。……しかし、名もなきシェフの味がそんなに気に入ったとは、あの子も面白いです」

「息子さんのお願いぐらい聞いてやってもいいと思いますが……と言うのも、プライベートに口を出すことになりますね、すみません、どこの誰とも知れないシェフで」

「息子じゃない」

「はい？」

拓実は口が滑ったという表情を浮かべて「だから、人の家庭に口を挟むな」と小さな声で言い放ってその場を離れた。

その後、パーティー自体は無事に終了し、向こうの担当者からも「噂通りとても美味しかったです！　お客様には日野田さんのウェブサイトをご案内させていただきました」と称賛されただけでなく宣伝までしてもらった。

結果的にはよかった。

だが、あの二人の「出張シェフを雇いたい」「聞き分けろ」という最後のやりとりと聡の悲しそうな顔が、今も心の隅にずっと残っていた。


限られた空間なので、ダイニングテーブルは仕事用のデスクと兼用になっている。

コーヒーを淹れたマグカップを左に置き、ノートパソコンを立ち上げてスケジューラーを起動させた。

陽登は、「シェフ日野田」という名の、シンプル且つおしゃれで分かりやすいウェブサイトを作って予約を取っている。

軌道に乗るまでは、友人たちにサイト作りを手伝ってもらったり動画配信サイトで料理中継をしたりと大変だったが、現在は生活に困ることはなくなった。

パーティー用の料理から家庭の作り置きまでなんでもこなす、なかなかの人気シェフだ。今では予約開始から三十分で向こう三ヶ月の殆(ほとん)どが埋まる。

「あー……一件キャンセルか」

おととい、八月から十月いっぱいまでの予約を開始した。

キャンセルしてきたのは初めての予約のお客様で、一般家庭での出張調理だった。こういうことはたまにある。だが当日キャンセルでないだけありがたい。

酷(ひど)いのが、出張調理にもかかわらず何の連絡もなしに当日留守という家庭だ。ウェブ予約を始めた頃に何度かこれに当たった陽登は、うんざりしながら「半額前金払い。キャンセルの場合は手数料を引いてお返しします。当日キャンセルは返金いたしません」というシステムを作って対処した。

先にお金を取るなんて……という予約者も多く一時は客足が遠のいたが、結果として正解だった。

陽登の料理を食べた人間の殆どが、次回の予約も入れてくれるので常連が増えた。

「今週の金曜日の午後五時からが空いたな。とりあえず、予約可にしておくか」

カタカタとキーを操作して、月間スケジュールの調整を行う。金曜午後五時からの欄を×から○にして更新する。

すると一分も経(た)たないうちに予約が入った。

リロードして待ってたのか？　俺ってモテモテだな……なんてことを思ってニヤつきながら予約者名を見たら、「阿井川拓実」だった。

「は？　マジか？　え？」

もしこの予約者が本当に、あの男だとしても、仕事はする。そりゃもう完璧にしてやるよ！　俺は仕事と私怨は一緒にしませんから。それがプロですから！

いつも通り、まずは丁寧な予約のお礼と確認事項のメールを打って送信する。

すると、五分もしないうちに返事が来た。

『ようやく予約が取れて、とても嬉しく思っています。こちらこそよろしくお願いいたします。料理のリクエストはありません。日野田さんの料理なら何を食べても美味しいと思います。あでも、できれば魚を食べたいと思っています』

ずいぶんと嬉しいメールだ。滅茶苦茶期待されている。

そしてメールの文面から、同姓同名の別人説が濃厚になった。

あの阿井川拓実だったら、こんな内容のメールを送ってくるはずがない。もっと文章は硬く、用件のみだと思う。先入観がガッツリ入っているが、陽登はそう思った。

予約者登録欄に年齢が書いていなかったが、魚料理をリクエストしてくる辺り、ある程度の年齢はいってそうな予感がした。

「この人の家に行くの……楽しみだな」

陽登はそう言って、今日の午後に向かう家庭に気持ちを切り替える。

「日野田さんの作った料理だと、椎茸（しいたけ）やニンジンが入っていても美味しいって食べてくれるのよ。嬉しいやら悔しいやら。最近は、自分でも料理を作りたいって言い出してね。料理のできる男子はモテるわよって言い続けた甲斐（かい）があった」

豪快に笑い、家事も仕事もパワフルにこなす母親と、大人しい中二男子の家庭だが、出張シェフを始めた頃からの常連で、陽登の方も接客に関していろいろと勉強することがあった。

料理ができてモテたことはないが、それでも「お前の作る飯は旨い」と友人たちが言ってくれるのは嬉しかった。

中二男子にもそういう友人がいるといいなと思いながら「とりあえず椎茸料理だな」と呟く。

今は目の前のことに集中する。

阿井川拓実なんて名前は、頭の隅に力任せに押しやった。


その後も何度かメールでやりとりしたが、「阿井川拓実」は大変腰が低く、アレルギーや苦手な食べ物に関しても、丁寧に答えてくれた。

「ふむ。阿井川さんは和風が好きなのか」

今までの経験から、「和風好き」は、出汁や醤油、味噌で味付けた家庭料理が好きなのだと分かった。料亭で作るように丁寧に出汁を取って……とやると、そういうものは「外食の味」と思ってしまう人が多い。

陽登はどんなジャンルの料理も作れるし、月に一度の予約を必ず入れてくれる老夫婦などは「純和食」を喜んで食べてくれる。

だからこそ、調理前のヒアリングは大事だ。

予約を入れる家庭には様々な理由がある。それぞれのニーズに沿ってこその出張シェフだと、様々な場所で料理を作ってきた陽登は思っている。

まあ……「美味しい」と言って笑顔を見せてくれれば、それが一番なんだよな。

明日会う「阿井川拓実」さんは、どんな人だろう。好きなものに「魚」「餅」や「甘めの卵焼き」、「豚肉の肉じゃが」「コロッケ」が入っていた。俺の料理を旨いと笑って食べてくれるだろうか。だったらいいなあ。

陽登の想像の中の「阿井川拓実」は、いつのまにか縁側が似合うおじいちゃんになっていた。

「しかし……餅か。餅は手を加えるより、シンプルに焼くか揚げるかがいいな。喉に詰まらせないよう小さめにしよう。鶏は骨ごとコーラ煮にすれば食べやすいな。あとはまあ、出張宅の冷蔵庫の中にあるもので三、四日分の作り置きを作る、と」

今日も仕事を終えて、エアコンをつけながらインスタントコーヒーを淹れ、椅子に腰掛けてからテーブルに置いたままのノートパソコンを起動させる。

小さな子供が三人もいる家庭で、三人とも陽登が総菜を作る様子をずっと集中して見ていた。依頼した母親は「こんなに静かなのは初めてです。頼んでよかったわあ」と、どこかほっとした表情で、ソファに山積みになっていた洗濯物をたたんでいた。

子供は可愛かったけど、三人相手じゃ毎日戦争だろうな。俺が役に立てたようでよかった。

そこまで思ったところで、スマホにメールの受信音が鳴り響いた。

相手は「阿井川拓実」だ。

まさか前日キャンセルじゃないよなと思いながらメールを開くと、「冷蔵庫には大してものが入っていないので、申し訳ありませんが適当に買ってきてください。調味料は、塩と醤油とグラニュー糖はあります。領収書をお願いします」と書いてあった。

ああそうだ。そうだった。前日に買い出しを頼まれることもよくあることだ。何を焦っているんだと、陽登は小さく笑って「かしこまりました。こちらで見繕って買って行きます。では明日、お会いできるのを楽しみにしております」と返信した。

するると数分後に「ありがとうございます。こちらもお会いできるのを楽しみにしております」と返ってきた。

「律儀だなあ……おじいちゃん」

昨日作ったクッキーを持っていったら喜んでくれるかな？

「何を作ろうかな……」

コーヒーを飲みながら献立を考える。

肉じゃがは、できれば作り置きしたくないんだよな。肉と野菜はどうにかなるから、健康系総菜と、肉にするか。豚バラの野菜巻きを濃いめに味付けしたのと、タマネギの鶏そぼろあんかけ、あとはオクラと油揚げの煮浸し。揚げ餅の梅しそ和え……。

どれも喜んでもらえそうだが、途中まで考えてやめた。

あとはスーパーに行ってから決めよう。産地直送の旨い野菜が入荷しているかもしれない。

「ほんと、楽しみだ」

今週最後の出張先では、和気藹々と仕事ができますように。

そう願って、「晩飯でも作るか」と席を立った。

金曜の正午から、仕事で忙しい夫婦のために、冷凍と冷蔵できる一週間分の総菜を作った。この夫婦とは二年目のつきあいで月に一度は予約してくれる。

いつも夫か妻のどちらかがいてくれるのだが、今日は夫だった。彼は陽登の手さばきを見ながら「僕も料理学校に通おうかと思っていて」と話しかけてきた。

「じゃあ、俺の仕事は今日で終わりですかね」と笑ったら、慌てて「日野田さんには来てもらわないとダメなんだよ」と言った。あくまで趣味として料理を作りたいらしい。

「蕎麦（そば）を打つには早いから、その前に家庭料理かなと思ってね」

「あー……リタイヤした男性は蕎麦打ちしたがりますよね。あの現象はなんなんでしょうね。俺にも分からないです」

「ねー」

夫は小さく頷いて、陽登が作り終えた料理を見て「僕はこの料理が旨いのを知っている」と言った。

大きなテーブルいっぱいいっぱいいっぱいまで使って、様々な容器に料理を詰めていく。しっかり冷ましてから、ロールキャベツ、豚の角煮、ハンバーグとミートボール、刻み野菜のカレーは一人分ずつ小分けして冷凍庫へ。サーモンの唐揚げとレンコンのきんぴらも小分けして冷凍庫。

それ以外の煮浸しや炒（いた）め物系は冷蔵庫に入れた。こっちは大体四日持つ。

「また日野田さんの料理が食べられるよ。嬉しいな。ありがとうございました。予約がもっと楽に取れるなら、もっと頻繁に来てもらえるんだけど」

「申し訳ありません。俺もそこらへんは考えなくちゃと思ってますので、もう少し時間をください。……それでは、今日は呼んでいただいてありがとうございました」

きっちりと礼を言って家を後にする。あの夫は今頃、「試食」と称して陽登が皿に盛っておいたおかずを食べていることだろう。

よし、時間ぴったりだ。

阿井川さんちへ行く前にスーパーに寄って買い物をする。

エコバッグは俺の友達で大事なアイテム。

「ええと、近所のスーパーはどこかな……」

こういう仕事をしているので、食材が入ったエコバッグを持って電車やバスに乗ることに躊躇いはない。近所にちょうどいいスーパーがあったので、そこで買い物をしてから地下鉄に乗ればすぐだ。

陽登は「確かあのスーパーのポイントアプリもスマホに入っているはず」と確認しながら、スーパーへ向かった。

そして、買い物を終わらせた陽登が今いるのは、「阿井川拓実」さんの住むマンションの前。

メールに記載されていた住所通りの場所だ。

「縁側のある平屋の日本家屋に住んでいるイメージだったんだよな……。勝手に思い込んでいたわ、俺」

　セキュリティで守られた高級そうなマンションの前で、思わず独りごちる。

　ずっとここに立っていると警察に通報されそうだ。とにかく確認のメールをしよう。

　陽登は歩道の端に移動して、阿井川にメールをする。

『一階エントランスのコンシェルジュに声をかけて、来客用のエレベーターキーを受け取ってください。胸を躍らせて、日野田さんの訪問を待っております』

　もう、おじいちゃんてば。お土産にクッキーを持ってきてよかったなあ。うんうん、なるほど……お金持ちは凄い。

　陽登は軽く頷いて、マンションのエントランスに向かった。

　中はホテルのロビーのようで、カフェやコンビニ、クリーニング店も併設してある。

　便利でいいな……と思いながら、メールの通りにコンシェルジュに声をかけて阿井川の名と自分の名前を告げた。

「お帰りの際に、エレベーターキーはお戻しください」と渡されたキーを掴んでエレベーターに乗り、カードキーを差し込む。それだけでエレベーターは動き出した。

　ホテルではルームカードキーとエレベーターが連動していることも少なくないが、日本のマンションでこれを使うとは思わなかった。

　音もなく静かに上昇するエレベーター。

「最上階か……。景色はいいのかな……」

大して経たないうちにささやかなベル音が響いてエレベーターが止まり、ドアが開いた。

エレベーターから一歩出たら、もうそこは人様の住まいの玄関になっている。

あ、これ。海外のアパートでよく見たタイプだ。日本にもこういうタイプがあるとはな。なるほど。

右手に持っていた大荷物を床に下ろしたところで、廊下の奥から「いらっしゃい！」と子供が走ってきた。元気のいい声だ。

陽登も聞き覚えのある聡の声だった。

彼が出てきた瞬間に、自分の想像していた「阿井川拓実像」がガラガラと崩れ落ちていく。

マジかよ――っ！

膝（ひざ）から力が抜けていく。

絶対に同姓同名の別人だと思っていたのに！　こんな素敵なおじいちゃんは昨今（さっこん）存在しないぞと、会えるのを楽しみにして手土産まで用意してきたのに……っ！　なんなんだよこのがっかり感はっ！　金輪際（こんりんざい）会うものかと思っていた相手の自宅でしたっ！　くっそ！

しかし。

だがしかし、これは仕事。

どんなにいけ好かないヤツの家でも、正確に完璧に任務を遂行（すいこう）してこそプロのシェフ。

陽登は心の中で「頑張れ俺」と己を鼓舞する。

「こんにちは聡君。出張シェフの日野田陽登です」

「僕の名前を覚えていてくれたの？　ありがとう！　あのね、僕ね、先生のご飯が食べたくて、ずっと拓実ちゃんにお願いしてたんだ！」

ぎゅっと腰にしがみついて「願いが叶ったよ」と言う聡は、どうしてくれようかと思うほど可愛くて健気で、陽登は「新たな扉」が開いてしまいそうになったが、拓実の姿を見た途端に、スン……と我に返った。

「ご予約ありがとうございます。出張シェフの日野田陽登です」

「こちらこそ、君の予約を取れてとても嬉しいよ。人気の出張シェフなんだね。聡も楽しみにしていたんだ」

物凄いプリンススマイルだ。レフ板を持ったスタッフがいてもおかしくないほどの王子光線が出ている。しかも背景に大輪の薔薇が見えた。

一体何が起きた……？　と、驚いた。

「あのね、あのね？　先にお部屋で待ってるからね。早く来てね？　先生！」

聡はそう言って、陽登のエコバッグの中から何個か食材を掴んで「僕も運ぶね」と言いながらドアの向こうにかけていく。可愛い。

それを見送った拓実が、「まさか俺が、再びお前……じゃない、君に依頼することになるとは。聡がどうしてもと言うから」と小さな声で悪態をつく。

どうやら、聡の前では優しい王子を演じているようだ。

子供の前でいがみ合うのは陽登もいやだったので、これはこれで構わない。

「俺もです。しかし金曜の夕方によく予約できましたね。しかもキャンセル分。スマホかパソコンに張り付いていたんですか？」

「そうだよ」

冗談だったのに、いきなり素直に言われてしまって、陽登は口を閉ざす。

「もっとも、君のウェブサイトに張り付いて予約を取ったのは俺ではなく秘書だが」

「なんだ。……まあでも、仕事はきっちりさせてもらいます」

ぺこりと頭を下げると「当然だね」と偉そうに言われた。

「……あんた、顔は綺麗なのに性格が最悪だな」

「うるさい。聡が珍しく懐いたからここに呼んでやっただけだ。ありがたく思え」

「珍しく懐いた？」

「そうだ。あの子は本来、もっと大人しい。あんな風にはしゃぐ子ではないんだ」

「え……？　なんで？　俺、何か気に入られるようなことをしたかな？　皿に食べ物を盛ってあげただけだけど……」

それ以外に何かした覚えはない。まあ、子供に好かれる質(たち)ではあるが……。

首を傾げている陽登に、拓実が「料理だ」と言った。

「あの子は、お前の料理がすっかり気に入ったんだ。何を食べても旨いと、そう言った。まあ、それに関しては……俺も、多少は頷くところがあったが……」

「素直に旨かったって言えばいいのに。何と戦ってるんだよあんた」

「うるさい。ガキが」

「二十六歳です。アラサーです。ガキなんて年じゃありません。おっさん」

自分で言っててちょっと切ないが、売り言葉に買い言葉で言い返してしまう。

「な……っ、俺はまだ三十二だ。俺だってアラサーだ。おっさんじゃない」

相手の喧嘩レベルも陽登とあまり変わりないのは分かった。

「……はあ、まあ別にいいけど。さてと、料理を作るのでキッチンに案内してください。アラサーの王子様」

「聡がどうしても君の料理を食べたいと言った。だから俺は、仕方なく君をここに呼んだ。それだけだぞ？　それ以外の何物でもない。聡に頼まれたら、俺は嫌だと言えないんだ。だから俺のためではなく聡のためにここに来たと思ってくれ」

「そこまでくどくど言わなくても、分かっています」

案の定拓実はむっとした顔をしたが、「こっちだ」と言ってさっき聡が入っていったドアを開けた。

土足のまま部屋に入れるのは楽でいい。

……と思ったのもつかの間。

陽登は目の前の光景を見て絶句した。

「なんだこれは」

思った言葉が口から出た。

足の踏み場はあるが、ソファやテーブルの上に服が脱ぎ散らかしてあり、床にはボウリングのピンのように空き缶やペットボトルが並んでいる。

メーカーごとに並べることに意味があるのか。

そして広々とした南向きの窓には、端から端まで洋服が掛かっている。いつからカーテンレールはハンガーラックになったんだろう。しかも服をつり下げているのは針金ハンガーだ。肩が伸びる。

生ゴミが落ちてないだけ幸いとみればいいのか、思わず逸らした視線の先にダンゴムシが歩いていた。高級マンションの最上階にダンゴムシがいるなんて、シュールだ。

「あのね、今ね、片付けてるところなんだ。お台所は一番最初に拓実ちゃんと綺麗にしたの！でもこっちはこれからなんだ。…………あっ！　僕のダンゴムシ一号！」

ゴミ袋を両手に持ったまま、聡が勢いよく走って、積み上げられた業界雑誌に躓いてダンゴムシ一号の上に転がった……かのように見えたが。

ダンゴムシ一号は奇跡の生還を遂げた。しかしそれを喜ぶ間もなく陽登は「部屋の掃除が先」と低い声を出す。

「俺と聡で掃除をするから、君は料理に取りかかってくれ！」

「え？」

「なんの！　これぐらいすぐに片付けられる！　なあ聡」

「そうだよ！　拓実ちゃん！」

拓実が聡を抱き起こしながら微笑んだ。

「……笑顔で言ってもダメです。三人で掃除をする。料理を作るのはそれからだ。とりあえず、肉と魚を冷蔵庫に入れさせて……」

そこまで言って陽登は気づいた。部屋をこれだけ汚す連中が、冷蔵庫の中を綺麗にしておくわけがないと。

だが、どんな冷蔵庫だろうと開けねばならない。最悪な状態ならここも掃除だ。大人はともかく、まだ小さな聡が食中毒にでもなったら大変だ。

陽登は意を決して、食材を持って作業台の向こうにあるキッチンへと足を踏み入れる。

汚いが許容範囲だ。東南アジアのとある食堂の調理場はいろんな意味でもっと凄かった。

「この作業台って……キッチンシンクがある。これ、アイランドキッチンか！」

なんて羨ましいと思いながら、シンクに入ったまま風化しそうなパスタの山を見つめた。

だめだ、心を強く持て俺。今までいろんな家に出張しただろう？　それを思い出せ……って、こんな凄いのは初めてだな。子供がいて家事に手が回らないっていう住まいじゃない。

頭の中で「ここはむしろ異世界？」「だったら納得」「体からキノコが生えそう」という言葉がぐるぐると回り続ける。

陽登は意を決して、羨ましいほど大きな外国製の冷蔵庫の扉を開いた。

中には醤油と塩だけが入っている。下の冷凍庫の中には、アイスのパックと大量の冷凍食品。成人男性がすっぽり入るくらいの、素敵な容量だ。

「そもそも冷蔵庫には、冷凍食品と氷、聡のおやつしか入れてないんだ」

「そうですか。ではここを水拭きしてから食材を入れます。そして、リビングの掃除が終わってから料理でいいですね？」

こんな汚い場所で作り置きなんて作れない。

陽登の勢いに、拓実と聡はこくこくと頷いた。

「掃除が苦手ならハウスキーパーを……って、確かそれは嫌なんでしたっけ？　お節介かもしれないけど、冷凍食品ばかりでは……」

「カロリー計算された病人食や、老人食、赤ん坊の離乳食も冷凍で揃っている。品質もいい」

「俺もそれは知っています。人にはそれぞれ事情がある。でも、あなたなら解決できそうなのに……」

「だから今日、君をここに呼んだんだよ、日野田君」

「それは分かりますが……」

陽登は、雑誌や本をまとめて括って玄関先に移動させながら言った。

「それより早く片付けて食事がしたい」

拓実が額の汗をぬぐい、シャツの袖をまくり上げる。

聡は虫の仲間を事故で失わないよう一つずつつまんで専用の虫かごに入れていた。

「この部屋の状態はよくないと思います。掃除業者を入れることもできるでしょう？　俺、阿井川グループの傘下にハウスクリーニングの会社があるの知ってます。ＣＭでもやってるし」

「そうだけどね……でも、だめなんだよ、ハウスキーパーも清掃業者も聡が怖がってしまう。家に入れたくないと泣きそうな顔で言う。あの子はいろいろあって、人見知りが激しい子なんだ。だから俺は、一瞬で懐いたお前に驚いた」

いろいろあって、か。

あまり深く突っ込まない方がいいな……これは……。

とりあえず今は、この部屋を魔境から人の住む空間に戻したい。

「ところで阿井川さん、クローゼットはあるんですよね？」

「あるが……その前に段ボールが山のように積み重なって壁になっているね！」

「二人とも……着替えは？」

「秘書に任せている。毎朝持ってきてくれる有能な秘書だ」

「秘書さん可哀相」

「それも込みでちゃんと給料を払っているから問題ない」

「そうは言いますけど…………あれ？　なにか光るものを見つけた」

陽登は膝をついてソファの下に右手を差し入れ、光る何かを掴み、拓実の目の前に「ほら」と差し出した。

指輪だ。

しかも石がキラキラと光っている。輪のところは傷だらけで、この指輪の持ち主はずっと身につけていたような気がした。それと、石の輝きが凄すぎて、もしかしてとても高価な物ではないのかと不安になる。

「こんなところにあったのか…………」

「大事なものですか？　彼女がなくしたものとか？」

「あー……いや違う。この指輪の持ち主は聡の母親で、俺の姉だ。もう亡くなって久しい」

だとしたら、聡の母親の形見だ。そんな大事なものがゴミの中から出てくるとは！

陽登は「それなら大切にしないと」と言って、他にも重要なものが落ちていたら大変なので、さっきよりも慎重に本をまとめ、床を拭く。

「俺から聡に渡しておく。見つけてくれて助かった。ありがとう」

素直に礼を言う王子様は、なかなかいい感じだ。

陽登は軽く頷いて「いいってことよ」と言った。


広々とした間取りも、汚部屋となった今では掃除が終わらなくて憎い。

陽登は床にフローリング用の洗剤を撒き、納戸の奥から見つけたデッキブラシで擦った。聡も楽しそうにシャコシャコと床を洗う。

その後ろを、拓実がモップで拭き取っていく。これで部屋の半分はどうにか見られるようになった。

ただまだカーテンレールに洋服はかかったままだ。

クローゼットの前に立ちはだかる段ボールの壁を見て「一日じゃ無理」と判断した。

別料金が発生するぞ、これは……。

出張シェフは料理は作っても掃除はしない。してもせいぜいキッチン周りだけだ。なのにここまでしてしまった。掃除が必要な場所は後半分は残っている。それにきっと各部屋も掃除が必要な気がした。

「少し、いいかな？　この労働に対する賃金について話したい」

拓実がモップを持ったまま話しかけてきた。

海外にいたときは「最初に金額の話を出してそれで問題ない場合は握手をして仕事に取りかかる」で済んだが、日本は日本でまた違う。これが少々面倒だが、お国柄なので仕方がない。

陽登は、拓実から言い出してくれたことに感謝していったん手を止める。

「清掃業務に対して追加料金を支払いたい」

「はい、ありがとうございます。でもまあ、俺が自分から掃除をすると言ったので、改まった金額でなくとも……」

「いやだめだろう。俺と聡ではここまでできなかった。君のおかげと言っても過言ではない」

この人は、俺が嫌いという訳じゃないんだな。仕事に私情を挟まずに正当な対価を考える人なのか。

陽登は「見直しました」と心の中で感心し、「では、俺に掃除の相場は分からないから、そちらで決めてください」と言った。

「分かった。…………そしてなんだが、別途、ハウスキーパーとしての雇用契約を結びたい」

「はい？」

「ハウスキーパーとして……」

「待ってください」

さっくり断ろうと思った。自分はシェフで、ハウスキーパーを生業としていないと。しかし、ふと聡が視界に映ってしまった。

聡は拓実の足にしがみついて、「先生はずっとここにいてくれる?」と見上げてくる。その仕草が可愛い。阿井川家の顔面遺伝子のレベルの高さがうかがえる天使のような顔で、正直、とても可愛い。

「その話は、まず、出張シェフとしての仕事を終えてから改めて聞きます」

「そうか。……それもそうだな。ところで食事ができるスペースを確保できたような気がするんだがどうだろう?」

拓実が尋ね、その横で聡も誇らしげな表情を浮かべている。

「そうですね……。この広さがあれば、料理を並べることができる。あとは、テーブルをこっちに引っ張ってくれれば大丈夫かな」

コーヒーテーブルは、大人一人でも簡単に動かせる。

陽登はそれを拓実に任せ、自分はキッチンに入った。キッチンシンクに入っていた乾燥パスタの袋を、とりあえずビニール袋の中に移動させる。その際に賞味期限を見て、期限まであと半年あることを確認した。

そもそもキッチンは殆ど使われていなかったようで、自宅から持ってきたダスターで作業台周りを拭くだけで大丈夫だった。

「よし」

白のシェフジャケットを着て、腰には膝丈の白エプロンを巻く。どちらも陽登愛用のもので、これを着ないと始まらない。そしてオフ白の、綿素材のベレーをかぶる。

日本で出張シェフの仕事をするのだから三角巾も考えたが、友人たちに「おばあちゃんみたいだからやめろ」と言われて今のベレーに落ち着いた。

「……そうだ。俺は今日、クッキーを持ってきたんです。聡君にアレルギーはないと聞いていたので。よかったら、おやつにしませんか？」

今日は阿井川家にかかりきりになる予感しかしないので、ひとまずここで休憩を入れよう。

陽登の提案に聡が「なんてすてき！」とどこで覚えてきたのか不思議な踊りを踊る。

「いいね。クッキーか。紅茶の茶葉がキッチンの棚のどこかにあったはずなので、探してみよう。あと、カップは……」

拓実も嬉しそうに話に加わってきたが、陽登に「俺が探しますからそこにいて」と言われて大人しくソファに座った。

使える茶葉があるのかと最初は不安だったが、化粧箱に入っていた茶葉の賞味期限は半年ほど先だったので安心した。ケトルが見つからなかったので、手を洗ってから取りあえず平鍋で湯を沸かし、その間にカップを洗う。

茶葉によって使う湯の温度は違うが、今日はそこまで厳密に考えなくてもいいだろう。普通に淹れただけでもこの茶葉のポテンシャルなら旨い飲み物になるはずだ。

拓実と聡は息をのみ、陽登の一挙手一投足を見守っている。

「はい、できました。二人とも手を洗ってきてください」

二人は「はい」と礼儀正しく返事をして洗面所へと向かい、しばらくしてペーパータオルで手を拭きながら戻ってくる。

「デパ地下のスイーツのように華やかではありませんが、味には自信があります」

コーヒーテーブルをダスターで拭いてから、クッキーの入った容器と紅茶を置いた。茶葉が入っていた箱の中に角砂糖もあったのでそれも一緒に出す。

「いただきます！」

聡がきつね色に焼けたクッキーに真っ先に手を伸ばして口に入れる。

聡が何も言わずに二個目に手を伸ばしたのを見て、拓実が「そんなに食べたら喉に詰まるよ」と心配するが、聡は「だって美味しい！」と言って食べるのをやめない。

「……そんなに旨いなら、俺も一ついただこうかな。まあ、子供の言うことだから、大げさだと思うが」

可愛くないなこの人……と思いつつ、陽登は良い香りのする紅茶を飲んだ。

「うっ」

「異物混入ですか？　すぐ出して！」

調理中はかなり気を遣っているが完璧ではない。陽登はクッキーを食べた拓実が変な声を出して口を押さえたので驚きつつも、彼の口元にティッシュを差し出す。

「違う。いや……違うんだ………余計なものは何も入っていない。しかしなんだこの菓子は」

「……ただのクッキーですが」

「美味しい。俺がこんな美味しいものを食べてもいいんだろうか。やんごとない方への献上品じゃなかろうか。俺が玉座に座っていれば、きっと毎日こんなクッキーを食べられるのではないか……そんなことを思わせる味だ。殿上人の味、本気でツライ」

そう言って、拓実は二つ目のクッキーを口に入れる。

大げさだが褒められたのは分かった。

王子様にそこまで言われたら気持ちも浮かれる。

「お口に合って幸いです」

「本当に、俺の口と胃袋と心が幸せだ。…………なんでこんな旨いものが作れるんだ？」

真面目な顔で言われて、思わず噴いた。

「レシピ通りに作っているだけです」

「それでこの味か！　素晴らしい！　凄い！　君と君のテクニックに祝福を……！」

いきなり拓実に両手を掴まれ、何度も「ありがとう」と言われる。

端から見ると、アイドルとファンの握手会だ。

「あ、いや……そこまで……は……」

「何を言うんだ！　君は自分の素晴らしさに気づいていないのか？」

　最後には怒られてしまった。


　怒濤(どとう)のおやつタイムを終えた陽登は、ようやくキッチンに戻って料理の支度を始める。その後ろに聡が付いてきた。

「見学していていいですか？　先生」

「構わないけど、そういやなんで俺のことを先生って呼ぶの？」

　すると聡は「料理の先生だから」と笑顔で言った。

「あー……そうだね。日本で教室を持ったことはないけど、まあうん、先生でいいか。今から豚のコーラ煮と、鮭(さけ)の甘酢あんかけの下ごしらえをするよ」

「うおー」

　聡は目を丸くして手を叩いた。

「それと、茶碗蒸しと肉じゃがも作る。ご飯にかけて食べられるように鶏そぼろも作っておくね。聡君も食べられるように作るから、初めてのおかずでもチャレンジしてみてくれる？」

「うん！　先生のごはん楽しみだよ！　パーティーのときも凄く美味しかったもん！　大好き！」

おおお……子供の胃袋を掴んでしまった。

後ろで拓実が渋い表情をしているのが可笑しい。

陽登は笑いながら「ありがとう」と言って、手を動かす。

買い求めた調味料を作業台に並べ、まずは下ごしらえが必要な肉や魚に取りかかる。

それを終えたら、今度はご飯だ。

炊飯器があるのはメールで確認済みだったので、トウモロコシと枝豆の炊き込みご飯を作る。

トウモロコシは旨味を出すために芯も入れて炊く。枝豆は別鍋で茹でる。

時間が押せ押せなので、三ツ口コンロを総動員した。

ＩＨ用の鍋やフライパンが揃っていて助かった。

炊飯終了が最初のタイムリミットだと、陽登は真剣な表情で包丁を操る。

聡が見学しているが、彼も子供なりに陽登に声をかけてはダメだと察したらしく、黙って見ている。拓実も同じく大人しい。

おかげで集中できた。

「コーラのお肉は……お菓子になるのかな？　拓実ちゃん」

「いや、おかずだと思うよ。お菓子は今回はないみたいだね。専属シェフの契約をしたらきっといっぱい作ってもらえるだろう」

聞こえてますよ、阿井川さん。俺は専属にはなりませんからね。ちゃんと予約してください。そうしたら作りますから……！

……と、思いながら、頭の隅では「蒸しパンなら作る時間があるな」と考えている。幸い、何かのためにとベーキングパウダーも買ってある。砂糖と醤油のみたらし風蒸しパンを作ったら喜んでもらえそうだ。

サクサクとキャベツとキュウリ、ニンジンを千切りにしながらそんなことを思った。

千切り野菜は最後に千切りしたリンゴを加え、マヨネーズとフレンチドレッシングを混ぜたもので和える。このサラダは二日ほどしか持たないが、食感が楽しいので子供のいる家庭ではよく作った。

炊飯終了まであと十分のところで、陽登はボウルに薄力粉(はくりきこ)とベーキングパウダー、砂糖と卵、少々のサラダ油と適量の水を加えて一気に混ぜていく。もっと上品な作り方もあるのだが、時間の都合上割愛(かつあい)した。

底が深い大皿を発見したので、洗ってからサラダ油を全面に塗って、そこにボウルの中のものを流し込んでから軽くラップをして電子レンジに入れる。そして加熱スイッチをオンにした。

「その、レンジに入れたものはなにかな？」

拓実が真顔で聞いてきたので「蒸しパン」と答える。

「レンジで……？　蒸しパンが……？　なんということだ。凄いな……蒸しパン」

「簡単なもので申し訳ないけど、ちょっとしたおやつになると思います。冷めても美味しいんです」

「それは……うん、楽しみだな」

今ひとつ想像がつかないのか聡は首を傾げ、拓実は嬉しそうに笑った。

やっぱりこの顔は王子様スマイルだ。

初対面の印象の悪さがなくなったわけではないが、少しはましになった気がする。

「シェフというからには、様々なスパイスや調味料を駆使するのかと思ったが、意外と庶民的なんだな」

「基本は家にあるもので作っています。ワインビネガーや生クリーム、トマトピューレが常備されているような家庭ばかりではないでしょう？」

「なるほど」

「それより阿井川さん。蒸しパンに付けるソースは何味がいいですか？　今なら『みたらし風』『カスタードクリーム』『ピーナッツクリーム』が作れるけど」

「え」

拓実が悩んでいる横で、聡が「全部！」と答えた。想定内の返事だ。

「……全部作れるなら最初から言ってほしかったな」

「ははは」

はしゃぐ聡をあやしながら文句を言う拓実は、胸を張って威張っているよりずっと人間らしくていいと思う。

そんなことを思っていたら、炊飯器が炊きあがりの電子音を響かせた。


トウモロコシと枝豆の炊き込みご飯に、豚バラ肉のコーラ煮、鮭の甘酢あんかけ、肉じゃが、茶碗蒸し。千切り野菜とリンゴのサラダ。どんぶりに入った鶏そぼろ。そして、細長く切った餅に海苔(のり)を巻き、衣を付けてさっと揚げたもの。デザートに蒸しパン。

デザート以外がローテーブルの上にのせられて、聡が「凄すぎる……」と言って右手に箸(はし)を持った。

「聡、ちょっと待ってね。写真を撮りたい」

拓実がスマホで何枚も写真を撮って「よし」と満足そうに頷く。そしてキッチンに行くと大きめの皿を持って戻ってきた。

「取り皿ならありますが」

「これは、聡のためなんだ」

そう言って、拓実が皿の上に料理を少しずつのせていく。

綺麗なプレート料理になったところで、拓実が聡の前にそれを置いた。

「可愛いね！　ありがとう拓実ちゃん！　日野田先生いただきます！」

聡が食べ始めたのを見て、拓実も箸を持って料理を口にする。

陽登はそれを見ながら、彼らのためにお茶を淹れた。

「君……、その、日野田君……」

「はい」

「クッキーも素晴らしかったが……ずいぶんと普通の食材しか使っていないのに、この旨さは一体何なんだ？　どんな調味料を入れればこんな味になるんだ？　なんでコーラで肉を煮て旨くなるんだ。意味が分からない。この炊き込みご飯の旨味はどこから来た？　茶碗蒸しが旨すぎて飲める。鶏そぼろで日本酒が飲みたい。箸休めのサラダが、とてもつなく懐かしい味で旨い。しかも俺の好物である餅を揚げるとは！　外はかりっと中はふんわりで最高だ！　それに……この肉じゃが」

拓実が目を潤ませて語る横で、聡は一言も発さずに皿に盛られた料理を平らげていく。

「肉じゃが……まずかったですか？　リクエスト通りに豚肉で作ったんですが」

「いや……旨い！　旨すぎる！」

目を閉じて首を左右に振りながら「最高だ」と繰り返す。

聡に至っては空になった皿をテーブルに置き、今度は自分で好きなだけ料理を盛っていた。

「申し訳なかった」

いきなり謝罪されて目を丸くする。

「あの、えっと……」

「初めて会ったときに、君に酷いことを言った。君は馬の骨ではなかった。あのときの自分と再会できるなら往復びんたをお見舞いしたいくらいだ……」

その場で深々と頭を下げる拓実に、陽登は「いやいやいや」と両手を振った。

「俺は分かってもらえればそれでいいんです。頭を上げてください」

「そうはいかない。俺は年甲斐もない態度を取り続けた」

「……どうしたの？　拓実ちゃん。先生に悪いことしたの？」

茶碗蒸しの器を両手で持って中身を飲んでいた聡が、驚いて手を止める。

「なんでもないよ。誰も悪くないから。大丈夫だから。そして阿井川さんの気持ちは受け取りました。これでいい？」

子供を動揺させたくない。

陽登は慌ててそう言って、拓実もようやく顔を上げた。

謝罪する王子様を見て楽しむ性癖(せいへき)はないのだ。

「そうか。俺は心を入れ替える。これからはいい関係を築いていきたいと思う」

心を入れ替えた王子のなんと美しいことよ。背中に花を背負っているように見える。

「しゃけが甘酸っぱくておいしいよ、先生！　これ、パイナップルが入ってると嬉しいね」

聡は鮭の甘酢あんかけが気に入ったようで、三度目のお代わりをしている。

「聡君はもしかして、酢豚にパイナップルとか鴨のオレンジソースが好きなのかな？」

「んー……よく分かんないけど、ハンバーグにパイナップルがのってるのは好き！」

「ハワイアンハンバーグか。果物がおかず系料理に入っているのを嫌う人は結構いるんだけど、聡君は平気なのか。俺はなんでも好き」

「美味しいよねー」

二人で「ねー」と笑う横で、拓実が「俺も好きだよ」と話の輪に加わってくる。

「では、次に予約していただいたときは、甘酸っぱい系の料理をもう少し増やしましょう」

「え？　次？」

拓実が「意味が分からない」という顔をする。

「俺は予約してくれた家庭に出張するシェフですよ？」

「うちの専属になってほしい。そして聡だけでなく俺のために、揚げ餅以外のいろんな餅料理を作ってほしい」

「無理です。俺には大勢のお客様がいる」

「君が人気シェフだってことは分かっている。でも空いている日を、うちがすべてもらい受けることはできないだろうか？」

太っ腹だしありがたい。

しかし――。

陽登は首を左右に振って「急に日程がずれることもあるから」と言った。

その通りだ。しかもこれから夏にかけては、各種イベントでの仕事が増える。すでにいくつか予定も入っている。せっかく入れてくれた予約を断ることはできないし、無責任過ぎる。

「こちらも、君の仕事には理解を示したい。だが……」

「先生がうちで暮らせばいいよ！　ここからお仕事に通うの！　僕はそれが一番いいと思うんだけど……」

それは一番悪い提案だと思うよ、先生は……。

凄いことを考えたと笑う聡の前で、陽登は目を閉じて「んー……」と唸る。

「拓実ちゃんももっとお願いして……」

「どうにか都合をつけてもらえないだろうか。この子がこんなに誰かに懐くのも、人の料理を旨いと言ってこんなに食べるのも初めてなんだ。それに……俺は君が作ってくれた揚げ餅をもう一度食べたい。とても旨かったんだよ……」

良心をざくざくと切りつける言葉の数々に、陽登はまた唸る。

実は、融通できる日はある。週に二日は必ず休みを入れているし、一日二件の仕事で午後五時には上がると決めているので夕方から夜は空いている。

しかし、それはプライベートを充実させるためで、仕事に使う予定はこれっぽっちもないのだ。

……今週は臨時で仕事をしたから明日からの土日が休み。来週はいつも通り水木が定休日。

いやいや、だからといって定休日を阿井川家に当てることは無理だろ。

常連の家庭でも、自分の休日を削ってまでサービスはしていない。

「申し訳ありませんが……」

「そうか。では、地道に予約を取ろう」

拓実は「それはそうだよな。無理を言ってすまない」と笑ったが、聡はがっくりと肩を落とし、デザートの蒸しパンも一口しか食べなかった。

陽登は作った料理を容器に入れて、「これは冷凍」「これは冷蔵」と蓋に「何月何日まで保存オッケー」と書かれたメモを貼り付けた。

もちろん、温めるときも「こうやって温める」とメモを残す。

拓実はありがたく受け取り、エレベーターまで見送ってくれた。

はしゃいでいた聡は、今は綺麗にしたソファに寝転がって拗ねている。

「俺の力で君を強引に専属にすることもできたんだが……それをやって嫌われては元も子もないから我慢したよ」

「笑顔でそれを言ってしまうところが凄いと思うけど、まあ、賢明な判断だと思います」

「本当は……専属にしたいんだがね」

三十二歳の男性が、子供らしさを前面に出して「やっぱりだめかな？」と首を傾げてこっちを見る。それだけで金銀財宝が空から降ってきそうに麗しい。自分が美形だと分かっているからこそのポーズだろう。

だが陽登は「だめです」ときっぱり言った。

「どうしたらうちの専属になってくれると思う？」

「それを俺に聞くのはどうかと思う」

「………そうだよな。俺もどうかしていると思う。だが俺は、聡のために俺ができることをしてやりたいんだ。どれだけ甘やかしても、あの子には全く足りていないから」

きっとこの先から、聡は可哀相な身の上で……と言葉が続くのだろう。

そういう心に訴える系の話は聞きたくない。

と思った陽登に、拓実は「だからまず家庭の料理なんだよ」と言った。

「へ？」

「家庭料理の基準が、目玉焼きさえ焦げさせる俺から君になれば、聡が成人したときに『俺の家庭の味は、先生の作った料理』という思い出を得られるだろう？　俺の祖母と母は料理は下手だったが、二人とも唯一上手かったのが餃子でね。何かお祝い事があると、一族みんなの分をせっせと作ってくれた。今は祖母は亡くなって母だけだが、うちの一族は餃子が大好きだ」

「餃子か、それは大変だったでしょう」

「ああ。でも楽しいよ。みんなで作るのを手伝うんだ。つまり、聡にもそういう思い出を作ってやりたい」

そういうことなら、くっそ！　手伝ってやりたいと思うじゃないか！　俺のお人好し！

陽登は「来週の水曜」と早口で言った。

「水曜？」

「聡君のために、休日出勤の特別サービスです。聡君と一緒に作れる料理も考えておきます。それこそ、最高の思い出になるものを作るので、わくわくしながら待っててください……って、これでいいですか？　阿井川さん」

ほんと俺って、いい奴だなと、しみじみ思っていたら、いきなり抱きしめられた。

柑橘系のコロンと何かが混ざった良い香りがする。

「ああ俺、この匂いが好きだな」と思ったのもつかの間、それが拓実の体臭だと気づいて愕然とした。

挨拶のハグやキスに慣れる程度には海外にいた。

慣れているはずだ。

なのに、なんでこんなにも心臓が高鳴る……っ！

陽登はもぞもぞと動いて息を継ごうとするのに、拓実がいっそう強く抱きしめてくる。

「君は……なんて素晴らしいんだ……っ！　ありがとう！　君が素晴らしいのは料理の腕だけじゃなかったんだな！」

やめてくれ、ちょっと恥ずかしい。それに、これ以上抱きしめられたら、変な気持ちになってしまう。

力強くて温かくて、良い匂いのする腕の中は危険だ。

「阿井川、さん……っ、苦しい……」

「あ、ああ、すまない！　つい、激情に駆られてしまった。普段はこんなことはしないんだが、日野田君があまりにも心優しいことを言うから」

王子様スマイルが凄い効果だ。まぶしくて目がくらむ。

「その……俺は、海外でハグやキスは慣れているから、その、平気ですので……っ」

「俺も海外留学をしていた。二年ほどしたかな。とてもいい経験だった。だが、挨拶のハグはともかくキスには慣れなかったな」

「俺はその倍以上は海外を旅してましたから、だから」

「そうか」

ふと、ずいぶん慣れた仕草で頬にキスをされた。

「こんな感じでいいのかな？」

「は？　はあ――――っ？」

何してくれてんだこの人っ！　王子様はキスもさりげなく上手いって？　とっても自然でしたよ！　でも、男同士のキスは地域にもよるけど、キスする真似が殆どだからっ！　なんで直に俺のほっぺにキスしてんの！　ちょっと……気持ちよかったじゃないか………。

陽登はキスをされた左頬に手を押し当てた。

その仕草が、ドラマのヒロインのようだと気づいて慌てて離す。

「驚かせてしまったか？　だとしたらすまない。俺は少し浮かれていた。来週の水曜日を楽しみに待っているよ、日野田君」

今度は優しく頬を撫でられた。

もう勘弁してくれ王子様。俺はどんなリアクションをすれば良いんだ。

何も言えずに冷や汗を垂らしていたところに、エレベーターが到着した音が響いた。

どうやって帰宅したのか覚えていないが、気がついたら玄関先で頭を抱えて蹲っていた。

「俺……何やってんだ……」

今まで、ちょっと変わった家庭や面白い家庭を散々見てきたが、最後にハグをされたり頬とは言えキスをされたことはなかった。

日本で「お別れのキス」をするのは殆どが恋人同士だろう。

「気にするな。気にしたら終わりだ、俺。あの人に他意はない。浮かれていただけだ。俺だってびっくりしただけだ」

なのにどうして、まだ心臓が高鳴るのか。胸の奥がきゅっと締め上げられたように痛むのか。

恋人がいないから人恋しかった……だけではない気がする。

拓実のことを考えただけで、気持ちが落ち着かない。

「料理の腕を磨く」と海外で暮らしていた頃、同性を好きな友人や同性パートナーを持つ友人がいた。「恋バナ」を聞かされては「俺は独り身なのに」と怒ったものだ。

あの頃は、自分の恋人は異性だと思っていた。良い雰囲気になった女性はいたが、陽登の一番は料理の腕を上げることだったので、女友達が増えて終わった。

「なんで俺、顔が熱くなってんの？　馬鹿じゃないか？　しっかりしろ！」

必死で己を鼓舞し、両手で頬を叩く。

暗い玄関から手探りで廊下の明かりをつけ、ようやく一息ついた。

「何時に行くか、メールしなくちゃな。でも今日でなくていいか。うん。まだ時間はある。とりあえず俺は風呂に入ろう。話はそれからだ」

ついでに、心臓のどきどきも止まってくれるといいんだが。

二十六歳にもなって、抱きしめられただけで動揺するなんて恥ずかしい。しかも相手は男だし、聡君の保護者じゃないか。確かに顔は王子様だったけど……っ！

拓実の唇の柔らかさを思い出してしまった。

「うう……気持ちよかったなんて……そんなこと思うなんて……っ」

風呂に入る。

もう風呂に入るしかない。

少し熱めのシャワーを浴びて、今日はもう眠ってしまおう。幸いなことに明日は休日だ。

陽登は「風呂……」と呟きながら服を脱ぐ。

こういうとき、一人暮らしは楽だ。

ただ、全裸になったところで風呂掃除がまだだったことに気づいて、全裸のまま風呂掃除をする羽目になった。

蒸し暑い日でよかった。

そして今日。

拓実と約束した水曜になった。

今回は出張シェフのユニフォームだけでなく、掃除道具もバッグに入れた。

拓実とのメールのやりとりで掃除が必要と判断し、掃除もすることにしたのだ。食材は用意してもらった。なんでも好きな物を買っておいてくれと言ったので、後で見るのが楽しみでもある。

掃除に関しては、拓実もある程度は頑張ったらしいが、部屋にある段ボールという段ボールを梱包（こんぽう）して資源ゴミに出したところで力尽きたらしい。

『ここのところ会議と取材が続いていて、忙しかったんだ』とメールに書かれていた。

聡は寂しい思いをしていなかったろうか。

陽登は、笑顔が可愛くて人なつこい子供を思い出す。

「そういえば、小学二年生だったな……」

子供用のおやつを考えるのは楽しい。

先週は「先生がうちに住んでくれない」と拗ねて食べなかった蒸しパンの代わりに、カップケーキを用意した。

味は、チョコとバナナとキャラメルで、自分でも良い感じに焼けたと思う。

「……出張先に何度もお土産を持って行くのはどうかと思うけど、でもまあ、子供のためだからいいよな」

言い訳をする。せずにはいられない。

そもそも休日を仕事に当てるなど今までしたことがなかったのだ。

でもまあ、自分が社長で社員なのだから、たまにはこういうことがあってもいいと、自分に言い聞かせる。

違う。

「俺、なんでこんなに……浮かれてるんだ？」

聡の喜ぶ顔が目に浮かぶから？　サプライズで喜ばせたいから？　……ああそうだとも。だから浮かれてるんだ。小さくて可愛い子に慕(した)われたら、純粋に嬉しいじゃないか！

うんうんと何度も頷いて、荷物を抱えて外に出る。

到着時間は午後三時。

平日の午後だが、秘書が上手く時間を調整してくれたと拓実が言っていた。彼の秘書はきっと有能なのだろう。一度会って「秘書とは具体的に何をするんですか？」と話を聞いてみたい。

日陰を選んで最寄(もよ)り駅まで歩いていても、風が生暖かくて額に汗が滲(にじ)む。

電車に乗れば中は冷房が効いているから頑張れ俺……と自分を励ましながら歩いていたら、背後から車にクラクションを鳴らされた。

右端を歩いているのに何事だと、眉間に皺を寄せて振り返ったら、見知らぬ高級車がいた。

傷を付けたら大変なことになるタイプの車だとすぐに分かったので、できる限り端により、さっさと進んでくださいと体全体でアピールする。

すると今度は後部座席の窓が開き、王子様がひょっこりと顔を出した。

「やあ、日野田君」

「えっ！　俺、時間を間違えてきてました？　そちらに伺うのは三時ですよね？」

「うん。待ちきれなくて迎えに来てしまった。さあ、乗りなさい。そして我が家に行こう」

今時の王子様の「白馬」は、黒塗り高級車か――……。

それでもこの暑い中「乗って行け」と誘ってくれるのが嬉しくて、陽登は笑顔で「お願いします」と言った。

そして、乗って数秒で「こんな座り心地のいいシートは生まれて初めてだ。尻に贅沢だ」と感激する。

「実は、このあと聡も迎えに行くんだ。きっと君に会えて喜ぶだろう」

「そうだと嬉しいな……」

「絶対に喜ぶね！　俺はこの車を賭けてもいい！」

その言葉に、若い運転手が「阿井川部長、それはやめてください」と声を上げた。

「冗談だよ伴佐波。それより、君も日野田君の料理を食べていかないか？　最高の家庭料理だ。神の食事だね。日野田君、彼は俺の雑事も引き受けてくれる秘書なんだ」

「秘書の伴佐波です。先月行われたパーティーで、出張シェフをされていた方ですよね？　とても美味しい料理でした。是非とも、ご相伴にあずかりたいと思います」

伴佐波と呼ばれた秘書が、ミラー越しに笑顔を見せる。

「食べてくれる人が多いと、俺も気合いが入ります」

「だが、一つぐらいは俺のためだけの料理があると嬉しいな。餅とか。トッピングはなんでも好きだけど、あんこはこしあんの方が好きなんだ。きなこに入れる砂糖の量は多い方がいい。しかし君が作ってくれるならなんでも嬉しいよ」

いきなり耳元で囁かれた。

待って。それ、待って。確かに大きな声で言うのは照れくさい台詞だよ。でもね？　耳元で囁くのはまずいでしょ……っ！

陽登は、自分の顔が赤くなっていくのが分かった。

これくらいで顔を真っ赤にするなんて恥ずかしい。暑くても車に乗らずに電車で行けばよかった。慣れない贅沢をするからこんなことになるんだ……。

陽登は心の中で自分を叱る。

なのに拓実が「顔が赤い。もう少し涼しくしようか？」とキスできるほど顔を近づけて言ったので、陽登の心臓は壊れてしまうんじゃないかと思うほど高鳴った。

その高鳴りが落ち着く前に車が小学校に到着した。

高級車の品評会と化した保護者専用駐車場の中、聡が「ただいま」と車に乗り込んでくる。

落ち着け俺の心……っ！

と、必死に平静を装おうとしていたのに「先生……っ！」と大声で呼ばれて「どうした！」と慌てて返事をしてしまった。声が裏返って恥ずかしい。

「先生……顔が赤いよ？　大丈夫？　風邪引いた？　夏の風邪は大変だって学校の先生も言ってた……」

心の底から心配そうな聡を見つめて「ちょっと車の中が暑かっただけだから大丈夫だよ」と言う。君の拓実ちゃんに耳元で囁かれたからだなんて絶対に言わない。

なのに。

「伴佐波さん、先生が暑いって！」

「はい。ではエアコンの温度を少し下げましょう」

「ありがとう！」

聡と伴佐波の会話が、穴があったら入りたいくらい恥ずかしかった。

「僕ね！　先生が一緒だと思わなかったから凄く驚いた！　嬉しかった！　また美味しいご飯を作ってね！」

うちに着くまで我慢していたのだろう聡は、リビングに入った途端に大きな声を出して手を叩いた。

陽登は靴を脱ごうとして、ここが土足オッケーの住まいだと思い出す。

「そんなに喜んでもらえるとは思わなかった。嬉しいな」

「僕ね！　僕、先生の作った肉じゃがが大好きです！　おつゆが染み染みのじゃがいもが、口の中でふわって蕩けてなくなるの！　美味しかった！　あれがかれいの味っていうんだよね？　僕のかれいの味は先生の肉じゃが！」

それはかれいの味ではなく家庭の味だな。

陽登は心の中で優しく突っ込みを入れて「ありがとう」と言った。

「だから今日も肉じゃが作って！」

「分かったよ。あとね、今日はカップケーキを作って持ってきたから、着替えて手を洗ったら食べようか」

カップケーキの言葉に、聡だけでなく拓実も「本当？」と声を上げる。拓実の後ろにいた伴佐波が目を丸くして驚いたのが分かった。

「わざわざ作ってくれたのか？　まさかこんなサプライズがあったなんて……っ！　君はなんて優しい人なんだ……っ！」

またしても拓実に抱きしめられた。しかも人前で。

「料理が上手くてこんなに優しい人間だったなんて……。つくづく君と初対面のときの自分を許せなくなった！」

こんな大げさに喜ぶなんて外国人かっ！　つか喜びすぎっ！　ハグもいちいちしなくていい！　ここは日本だっ！

二度目のハグなら耐性があってもいいはずなのに、陽登はまたしても顔が熱くなって心臓が高鳴った。

「ちょっと、おい……っ、人前で……っ！」

「俺の感謝の気持ちだ。思う存分味わってくれ……っ！」

「だから……おい……っ！」

そんなぎゅっと気持ちを込められたら……困るから……っ！

陽登の気持ちを察したのか、伴佐波が「阿井川部長」と拓実の肩をそっと叩く。

「ん？　どうした？　伴佐波」

「日野田さんが迷惑していますよ」

迷惑ではないのだが困るというか、やはりこれは他人から見たら迷惑なのか……。

陽登の中で、自分でも分からないもやもやとした気持ちが発生した。

「あー……そうなのか？　これは申し訳なかった」

拓実があっけらかんと笑いながら離れていく。

「迷惑と言うよりも、いきなり抱きつかれたら、その、びっくりします」

「驚いただけならよかった。不快な気持ちにさせたのかと思ったよ」

「不快では……ないので、これからいきなりしないでもらえれば……」

そう言ってから、唇を噛んだ。失言だ。

なのに拓実は「そうか！　ではこれからは抱きしめる前に言うよ」と言い、聡も「僕も」と笑顔になる。気の毒そうな顔をしているのは伴佐波だけだ。

「あー……それよりもまず、とにかく、手を洗ってください。俺はカップケーキの用意をするから。そちらの伴佐波さんも、よかったらご一緒に」

こうなったら開き直って笑顔でいるしかない。

伴佐波が「私もいいんですか。ありがとうございます」と言って、拓実たちの後を追ってパウダールームに向かった。

さて。先週の金曜日からキッチンはどんなことになっているかな……と、おそるおそる見たが、現状維持されているようでよかった。床もちゃんと拭いた後がある。

おやつを食べたらリビングの掃除をするので、まずは普通のエプロンをつける。

キッチンシンクでしっかりと手を洗い、持ってきたダスターで作業台を丁寧に拭く。それからオーブントースターのトレーに持ってきたカップケーキをのせて、焦げ防止にアルミホイルで覆う。そうすると、オーブンよりも手軽にカップケーキを温めることができる。

どこの家庭にもあるだろうと思われる家電を使って料理をしてきたので、こういう応用はお手の物だ。オーブンがない場合は、ラップに包んでレンジで温めてもいいし、フライパンで焼いてもいい。

「なにかお手伝いしましょうか？」

さっさと手を洗ってきた伴佐波が、真顔で話しかけてきた。

「大丈夫です。どうか座って待っててください」

「……座る場所ができてるのが素晴らしい」

微笑む伴佐波に、陽登は「ありがとうございます」と笑い返す。きっと彼が毎日拓実と聡に衣類を届けているのだろう。「素晴らしい」という言葉になにやら思いがこもっている。

「あなたが来てくれたのならもう安心ですね」

伴佐波はニコニコしながらリビングに行った。

いやちょっと待ってくれ。「もう安心」ってなんだ。俺はこれからずっとここに通うつもりはないんだ。たまたま、情にほだされただけで……。

訂正しなければと思ったところで、オーブントースターが可愛い音を立てた。

チョコとバナナとキャラメルクリームの入ったカップケーキは大好評で、特に伴佐波は「秘書課のみんなに食べさせたい」と呟いて目頭(めがしら)を押さえたほどだ。

拓実は言葉が出ないのか、胸に手を当てて幸せを噛みしめている。

しかし聡は何か思い詰めた顔で、カップケーキを食べ終えた途端にリビングから出て行った。陽登は聡の背中に「聡君、紅茶のお代わりは?」と声をかけたが「ありがとう、いらないです」と振り返らずに言った。

残さず全部食べてくれたからまずくはなかったと思うが、気になる。以前のように目を輝かせて「美味しかった!」というような感想もなかった。

拓実が「ちょっと席を外すね」と言って聡の後を追う。

「……美味しいものをありがとうございました。とても美味しかったです。ごちそうさま。では私も、そろそろ社に戻ります。部長のことをよろしくお願いしますね」

「いえいえ。喜んでいただけたなら幸いです」と言って、伴佐波が帰ってから誤解を解くのを忘れたことを思い出した。

テーブルを手早く片付け、キッチンで料理の下ごしらえを終わらせる。

炊飯器が一仕事終えるまでの一時間十分、リビングの半分をどうにか片付けられそうだと思い、まずは床に置いたままの書籍や雑誌を括って玄関先に置いた。

衣類はひとまずゴミ袋に入れて床がきれいなキッチンに移動。それから、掃除機をかけた。

サイクロン式のコードレスクリーナーは小回りが利く。ついでに玄関やキッチン、水回りも掃除機をかけ直した。

「あとでワックスもかけた方がいいな」

埃の落ちていない広々としたリビングを見て満足し、今度は持ってきた手縫いの雑巾で床を拭く。床用洗剤を薄めたお湯に雑巾を浸してざっと拭いてから、モップでから拭きする。

「俺も手伝う予定だったのに……申し訳ない」

神妙な顔で戻ってきた拓実に、陽登は「俺の仕事ですから気にしないでください。あの、聡君は大丈夫ですか？」と尋ねる。

「ああ。……なんというか……どんなに聡のためを思っていろいろ考えていても、実の親にはかなわないな」

「あの、俺でよかったら話を聞きますよ？　いやでも……」

家庭の事情に首を突っ込んでは……と、陽登は口を閉ざした。

「ありがとう。君にも聞いてもらえると嬉しいな。なに、深刻な話にはしないよ」

「え」

「膝を付き合わせて話す……というのも違うので、掃除をしながら話そう」

拓実がスーツのジャケットを脱ぎ、ネクタイを外してワイシャツの袖をまくり上げる。

「俺としてはじっくり話を聞きたいところなんですが……」

「それは、俺がしんみりしたくないからいやなんだ」

はい？

陽登はぽかんと口を開け、拓実に求められるままモップを手渡した。

「カップケーキはとても旨かったそうだ」

「それはよかったです」

「あの子が食べたのはバナナが入ってるもので……」

「はい」

陽登は新しい雑巾で、置物になっていたチェストを拭く。拓実はモップで床を拭く。二度目なのでコツが掴めたようで、力任せになっていない。

「バナナ入りのカップケーキは、よく母親に作ってもらったのだと」

「あー………」

「しかも、味まで母親が作ったものと同じでショックを受けたそうだ」

ホットケーキミックスと刻んだバナナを使って簡単にできるおやつだ。同じメーカーの粉を使えば、そりゃ同じ味になるだろう。

だが陽登はそれを言わずに「思い出の味だったんですね」と言った。

「そうなんだよ！　聡はとてもショックを受けていたけれど、同じくらい嬉しがっていた。だから日野田君、やはり君にはうちで働いてほしいんだ」

両手でモップを持って頼む拓実は、ライブ中のアイドルに見える。どんな恰好をしても王子様だ。甘いマスクにファンが群がる光景が想像できる。

いくら王子様の頼みでもなあ……。

「予約を入れてください。そうしたら俺は、ここに来ます」

「そうではなく。定期的に、いや、住み込みで構わない。むしろ住み込んでほしい。それ相応の給料も支払う。私直属の部下という形で、ボーナスの支給もしよう。福利厚生は最初にしっかり話し合って決めたい。……そこまで考えているんだが」

確かにそれはありがたい。

ありがたいが……。

「あの、本当に……気持ちはありがたいんですが、俺は今のお客様を大事にしたいんです。駆け出しの頃から俺を支えてくれている大事なお客様ばかりです。……それに俺、今の仕事が好きなんです。いろんな家庭に料理を作りに行って、『美味しい』と喜んでもらいたい」

「そうか」

拓実はずいぶんとあっさり頷いた。

もう少し粘るかと思っていた陽登は、ちょっと拍子抜けする。

が。

「だったら、そうだな。君はここに住む。仕事はそのまま続ければいい。空いている時間に、俺と聡に料理を作ってくれ。幸いにして、空いている部屋とバスルームはいくつもある。選んでいいよ」

　プランBを提案されてしまった……っ！

　陽登は持っていた雑巾を思わず力任せにぎゅっと絞る。

「うちのキッチンは使い放題。君の部屋は無料で提供しよう。食材も好きに買ってくれて構わない。なにせこちらは食事を作ってくれとお願いしている身だ。それぐらいはしたいと思っている」

　心が揺れるが、出会って間もない人と一緒にやっていけるのか？　一時のノリで暮らしていいわけがないんだ。お金が大事なのは重々承知しているが、でも、そのためだけに一緒に暮らすというのは……。

　陽登の眉間に皺が寄る。

「正直、凄く魅力的な話です。でも、すぐにはお返事できません」

「まあ、そうだろうね。でも俺は待てるよ」

「お断りするかもしれません」

「仕方ない。そのときは伴佐波に頼んで君の予約を取ってもらう。それまでは……週に一度、君の時間を俺と聡にくれないか？」

　拓実が近づいてきて、陽登の顔に頬を寄せるようにして囁いた。

「うはっ！　いきなりちょっと！」

「ははは。少しばかり緊張した空気を和(なご)ませようとしてみた」

「和みませんよ！」

キスされるのかと思った！　あんな、顔を近づけてきて……っ！　この人は天然なのか？　深く考えないで、他人のパーソナルスペースにさくっと入ってくるわけ？

一つ屋根の下で暮らせと言うぐらいだから、そこまで心を許した相手だと、これくらいは当然なのか？　こんな綺麗な顔にしょっちゅう近づかれたら、俺の心臓が持たないでしょっ！

三歩ばかり後ずさって、「阿井川さんは人なつこいんですね」と言った。多分顔が赤い。

「家が厳しかったからその反動なのかもしれないね。でも、誰彼(だれかれ)構わず触れるわけじゃないから安心してくれ」

拓実はそう言って、何事もなかったかのようにモップで床を拭き始めた。

「今なんて言いましたか？」

「ん？　家が厳しかったから？」

「そうじゃなく、その……その次……」

聞いてる自分が恥ずかしい。なのに拓実は「ああ」と軽く頷いて、「誰彼構わず触るわけじゃないってところ？」と微笑む。

その微笑みが危険だ。

陽登はまた一歩、後ずさる。

「そうですけど……、でも、その……っ」

「好きな相手にしか触れないよ？　普通はそうだろう？　男女の差はない。自分の心に従って、好きな相手だけに触れる」

「そうでしょうけど……でも、どういう意味の好きなのか…………いやいやいや！　答えなくていいです！」

馬鹿な質問をした。きっと彼は無意識で言ったのだから、ここは「そうですか」と頷いておけばいいのに。

「可愛いな、そんなに焦らなくてもいいじゃないか」

ほら。拓実が気にし始めた。

「いや、なんでもないです。手を洗ってきます……！」

「日野田君、ちょっと待って」

「いやいやいや」

羞恥（しゅうち）で半笑いになりながら、パウダールームに駆け込んで手を洗う。あれは答えを聞いてはいけない台詞だ。

やたらと泡を立てて丁寧に手を洗ってからドアを開けると、そこには拓実が立っていた。

「うわっ！」

「驚かすつもりはなかったんだが……その」

「手を洗うならどうぞ。俺は掃除機を納戸にしまってきますね」

つとめて笑顔で。何も気にしてませんからという表情で行動する。

「あ、待って。昨日の夜に掃除機を出したとき、納戸のドアの調子が悪くなってしまったんだ。俺が行くまでドアを閉めないで」

掃除をしたのか、一応。そうか。それはいい兆しだ。これを機に、部屋をきれいにする癖をつければいい。

そう思った陽登は、拓実が手を洗ってくるのを律儀に待った。

「ごめんね。ここね、ちょっと力任せに押したらドアに凹みができてしまったんだ。慌てていたから蹴ったかもしれない」

確かに、拓実が指さした場所は凹んでいた。ドアを開けるときには気づかなかったが、多分これは「蹴り」だ。

「蹴った拍子にドアが歪んで、閉めるのにコツがいるようになったのかも。開けるときは問題なかったですよ」

「そうか。聡が学校に行っている間に業者を呼ばないとだめだな」

「ドアは一度歪んでしまうと直りませんからね。でも納戸でよかったですよ。玄関ドアだったら大変だ」

陽登は納戸に入って掃除機を充電器に挿した。バケツやモップも納戸にしまうのだが、まだ乾いていないのでリビングの隅に放置だ。

「ここ、中は明かりがついてるんだよ。そっちの隅にスイッチがある」

「それはありがたい」

二畳ほどの納戸だが、明かりがあると掃除用具を探しやすい。陽登は右手を伸ばして壁に触れる。が、あと少しのところで指先が滑って体のバランスを崩す。

「危ない！」

掃除用具に前のめりに倒れそうになった陽登の腰を、拓実が慌てて掴んだ。

しかし拓実も踏ん張りきれずに二人はそのまま納戸に転がり込む。

「痛い……けど、とりあえず、明かりはつけた」

「それはよかった。しかし……さてどうしようか、ドアが閉まってしまった」

目と鼻の先に納戸のドアがある。

「よろめいたときに、何か掴まるものを……と咄嗟にドアを掴んでしまったようだ」

「まあでも、真っ暗じゃないし。……しかしこのドア、開かないな」

陽登は両手に力を込めて押すが、ドアはびくともしない。蹴れば良いのかもしれないが、納戸では勢いをつけるだけの空間が足りなかった。

二人はしばらくドアを押したり蹴ったりしたが、いっこうに進展がないので休憩に入った。

密封状態でなくて幸いだと思いながら手の甲で額の汗を拭く。

「閉じ込められたまま脱水症状になるのを避けないと。秘書に連絡したのでどうにかなるでしょう」

スマホを持って何をしていたのかと思ったが、そういうことなら安心だ。

「……消防署じゃないんですね」

「申し訳ない。マスコミに知られるとあとが面倒なので」

「あー……なるほど。インターネットメディア界の王子様だもんな、阿井川さんは」

「王子なんて年じゃないんだけどね……」

照れくさそうに「ふふ」と笑うところが、上品で王子様っぽい。

しかし、と、陽登はどこに腰を落ち着けて良いのか分からずに体を動かす。なるべく拓実を踏まないようにしたいのだが、押し込められている掃除用具が邪魔で自然と近づいてしまう。

「背中にある古い掃除機や箒（ほうき）がじゃまでしょう？　もっとこっちに来なさい。どうせなら、俺の膝の上に乗る？」

「ははは。無理です」

「無理しなくていいよ。ほら」

おいこらちょっと待て……と文句を言う前に腕を掴まれ、背中から抱きしめられる形になった。この体勢はかなり危ない。

「……阿井川さんは、行動が天然って言われませんか？」

「ん？　いや。そもそもプライベートで誰かとこういう体勢になるのもずいぶん久しぶりだ。背中が俺の体温で暑いかな？　もう少し奥行きがあれば、隙間を作ることができたんだが」

「この体勢になる前に、もっと考えてほしかった」

「そう怒らないの。良い機会だから、君のことをいろいろ教えてくれないか？　俺は君のことを知りたいんだ。君の両手は俺にとって金の手だ。本当に、なんて素晴らしいんだろう。カップケーキの旨さと言ったら！　今まで食べたどのスイーツよりも旨かった。最高だよ、この手は」

　拓実に右手を掴まれてびっくりしたが、彼が当然のように手の甲にキスをしたので「ぎゃっ！」と声を上げた。

「その悲鳴は酷い」

「酷くない！」

「君の大事な手は俺にとっても大事な手だ。愛して何が悪い？」

「だから、その言い方……っ」

　これなら最初に会ったときのツンケンとした拓実の方がマシだ。

「ちょっと、手を離してくれ」

「いやだよ。ちゃんと手入れをしていて綺麗な手だ。指先も整えているんだね。弾力があって、力強い、とても素敵な手だと思う。だから、素敵な手を持つ君のことを知りたい。俺に君の話をしてくれ。どんな些細なことでも聞きたい……」

感想を言いながら手を触られるのは恥ずかしいし、辛い。どこが辛いかというと下半身が辛い。拓実のソフトな触り方はどこか色気がある。

その気もないのに、ほんと、この人は……っ！

陽登は、「話なら触らなくてもできる」と言って、強引に拓実の手を払った。

「俺は、二十一歳の春から二十四歳までずっと海外を放浪して、いろんなシェフと出会って、店で働かせてもらったりしてたんだ。だから、料理のジャンルにこだわらない」

「なるほど！　いいね、そういうの。食のドキュメンタリーは人気があるんだよ。君のような若くて爽やかな青年が主役だとなおさらだ。どんなことがあったか教えてくれる？」

今度は背後からぎゅっと抱きしめられた。それでも、延々と手を愛撫されるよりはマシだ。

陽登は意識しないように、目の前のドアを見つめて話す。

「いろいろあったとしか言えないけど、フランスの田舎で食べたスープが最高に旨かったり、イギリスのシェパーズパイは最高と最低を食べたから、作る人の腕なんだなと納得したり、中央アジアのチャイは甘くて爽やかで旨かった。騙されたことも人種差別されたこともあったけど、それはそれでいい経験だ。いろんな景色を見て、いろんなものを食べたよ」

「だからこそ、今の君がいるのか。素晴らしい」

「そんなたいしたものじゃない。でも、俺の料理を旨いと言って食べてくれる人たちの笑顔は、これからも見ていきたいと思う」

「……俺は聡の笑顔を守りたいんだ。あの子は亡くなった姉の子で、様々なトラブルの末に俺が親権を勝ち取った。これには一族の協力もあったんだが、とにかく俺は、聡に悲しい思いだけはさせまいと頑張ってきた。部屋の整理整頓は下手だが」

「……ですね。でも、あなたが聡君を大切に思っているのはよく分かります」

「そう言ってくれると嬉しいよ。俺の秘書の伴佐波がいただろう？　彼は聡に怖がられなくなるまで半年もかかったんだ」

「え？　そんなに……？」

「そうなんだよ。君の人柄と旨い料理のおかげだね。何度も言うけど、初対面のときの俺の態度は忘れてくれ。本当にあんな酷い男が俺だと信じたくない」

よほど気にしているのだろう。

拓実は何度も「君の実力を過小評価していた」「申し訳ない」と謝罪する。

「気にしてる暇がないほど、阿井川さんは俺を褒めてくれるので、それでいいです」

「そうか……」

「これからも、聡君と一緒に俺の料理を旨いと言って笑ってください」

「うん、だからね、日野田君」

拓実に耳元で名を呼ばれた。驚いて体をこわばらせたら笑われたのが悔しい。

「うちに住んで、料理を作ればいい」

だから耳元で囁かないでくれ。酷い男だな。天然にもほどがあるぞ……っ！

耳は人体の急所の一つで、急所は快感を得られる場所でもある。

陽登は「うちに住みなさい」「毎日楽しいよ」「俺と聡も嬉しいな」と延々と耳元で囁かれて、頭の中が煮立ってしまいそうになる。

すでにジーンズの中で股間(こかん)は大変なことになっているし、首回りは汗でぐっしょりだ。これ以上何かされたら、いろんな意味でおかしくなってしまう。

なのに。

「日野田君が側にいてくれれば聡は絶対に喜ぶ。あの子に肉じゃがをいっぱい作ってやってほしいんだ。そして私のためにはコロッケを作ってほしいな。ジャガイモの塊がごろごろ入ったコロッケがね、最近まで近所の商店街にあったんだよ。でも移転してしまって好きなときに食べられなくなってしまった。ところでクリームコロッケも美味しいよね。カボチャコロッケはおやつにもなる。芋系の揚げ物は最高だよ……」

耳元でコロッケ愛を語りながらため息をつかれる。

やめろため息。耳がぞわぞわする。

「コロッケなら、いつだって作れます」

「嬉しいな。日野田君が俺のために作ってくれるコロッケか……」

だから耳元で笑うな。体がヤバい。

「どうした？　ずいぶんと汗を掻いて」

笑いながら首筋を流れる汗を拭われた。

天然も度を越すと殺意が湧く。

「なんでもないので、動かずに黙っててください」

「そうは言われても…………あ、もしかして」

肩越しに、両手で股間を押さえているところを見られてしまった。

「あんたが……耳元でずっと喋るから……こんなことに……」

「では俺が責任を取らないと」

「こういう場合、別に責任は取らなくていいですっ」

「どうして？　俺は好きな相手にしか触らないから、君にも触りたいよ。反応がいちいち可愛くて、もっと触りたくなる」

「俺は、無理。だめです。ほんと……こういうのは……っ」

なのに拓実は首筋にキスをしてくる。

ぞくぞくして気持ちがいい、そう思う自分に心の中で「死ね」と悪態をついた。

「怖がらなくても大丈夫だよ。可愛い君を気持ちよくしてあげたいだけだ」

待って。

陽登は、背後で「こういうシチュエーションもありでしょ」と笑う拓実に「ないから！」と突っ込みを入れた。

「すぐムキになるところも可愛い。俺にちゃんと責任を取らせてくれ。ね？」

「そんな責任感はいりません！」

ヤバいぞこれは。なんとしても逃げなくては……っ！

しかし、ここで動いたら「恥ずかしがらなくていいのに」と拓実を喜ばせてしまう気がする。ならば。

「あの」

拓実の手がエプロンの上からサワサワと体を触ってくるのを堪えながら、できる限り冷静な声を出す。

「ん？　俺に責任を取らせてくれるの？」

「そうじゃなく……俺は、お客様とこんなこと……できませんから……からかうのはこれくらいでやめてください」

触り方がいちいちエロいんだよ。俺、もう、ちょっとヤバいから……。くっそ、この人、慣れてんな……っ！

余計な声を出さないように、必死に堪える。

「素晴らしい料理を作る君の手は素敵だと思う。俺はもう、君のことをただの出張シェフと思うことはできないよ。君に掴まれたのは胃袋だけでなかった……」

「…………え？」

「ハートもだ。俺の心も君に鷲掴みにされてしまった。日野田君は？　俺の可愛い人」

「その、俺は、会って数回で……人を好きになったりしないし……っ」

「そんな日野田君を心の底から可愛いと思う。ねえ？　日野田君は、俺のことを嫌いじゃないよね？」

　切なげな表情で訊かないでくれ。

　陽登は唇を噛んで「そういう言い方はずるい」と文句を言う。

「ごめんね。でも、君が好きだからもっと知りたいという気持ちは本当だ。少しは気持ちを許してくれるかな？」

　優しい声で「ごめんね」だ。耳が凄く気持ちよかった……。このプリンスは最悪だ。こんなことなら、ちゃんと定期的にオナニーしておけばよかった。こんな、耳元で囁かれるだけで勃起するなんて……。

　どれだけ後悔しても遅い。

　しかも最悪なことに、陽登はもっと拓実に囁いてほしかった。

　気持ちの良いことをしたいのだ。ただ、相手はクライアントなので、自分の欲望を我慢するしかない。

「ここじゃ……だめです」

なので、一時休戦を願い出る。

「ふうん。そう来たか。でも、俺の秘書が来るまで我慢できる？」

「しますよ。だって俺は、あんたの家に料理を作りに来たのであって、こんなことをしに来たんじゃない」

どうせなら拓実の顔を見ながら言いたかったが、背後から抱きかかえられて動けないので、ドアに向かって言った。

「そういうところも凄く好ましい。……その場の雰囲気に流されないのはいいことだ。俺はちょっと残念だけど」

「なんなんですか！　あなたは。こういうことをするなら、もっとこう……いろいろ知り合ってからだろ？」

「うん。だからもっと知り合うために、俺の側で料理を作ってくれ」

「だから、その提案はもう少し考えさせてくれと言った」

「ならば君が答えを出すまで、君の休日を俺と聡のために明け渡してくれないか？　君が俺たちを知るように、俺も君を深く知っていけると思う」

こてんと、肩に何かが乗った。

首筋がふわふわと気持ちが良いので、拓実の頭が乗ったのだと分かった。

「こんな風に、誰かの評価が百八十度変わったり、自分でも少し引いてしまうほど積極的になるのは初めてなんだ。俺をこんな風にさせた責任も取ってほしいと思う……」

「勝手だぞ阿井川さん」

「拓実と呼んで。そうしたら俺も君のことを陽登君と呼ぶ」

それって俺が恥ずかしいだけだろ！　顧客を下の名前で呼んだことなんか一度もないっ！

口にしたら百倍になって言い返されそうだったので、仕方なく心の中で叫ぶ。

「聡を呼ぶように、できると思うんだが……」

「聡君は子供で、あなたは大人だ」

「でも不公平だと思わないか？　それに、阿井川さんと呼ぶより拓実さんと呼ぶ方が簡単でいいだろう？」

「どこまでごねれば気が済むんだよ」

おかげで股間は静かになったが、ああ顔を見て文句を言いたい。

どうせドアは変な閉まり方をして開かないのだ。だったら、ドアに体重を押しつけるようにして振り返ればどうにかなりそうだと、陽登は左腕を上げて体をねじり、ドアに体を押しつけて踏ん張るようにして拓実と向き合った。

「その体勢苦しくない？」

目の前の拓実は、少し額が汗ばんでいたが王子様スマイルでこっちを見ている。

「いや、もう、あんたの顔を見て言いたくて」

「何を？」

「子供じゃないんだから、いい加減割り切れ。俺は顧客を下の名前で呼んだことはない」

「俺が……最初か。いいな初めての人だ」

「俺の手は料理を作るためのもので、人を殴るためのものじゃないんだが、たった今、あんたのことを殴りたくなった……っ！」

「だめだよ。怪我をするだろう？　君の手は大事な手なんだ」

拓実が優雅に微笑んで、陽登の右拳を両手でそっと包み込む。そして、そのまま顔を近づけてキスをした。

「あああっ！」

「だから、そんな声を出されると傷つくよ……」

「あなたは！　どうしてそう、自分が被害者みたいな顔ができるんですか！　お、俺の方が被害者なのに……っ！」

「陽登君の大事な手を愛でているだけなのに、どうして被害者になるんだ？」

「がっ……！」

今度は名前で呼ばれた。名前で呼ばれるのには慣れてる。慣れてるけど、でも、顧客に名前で呼ばれたことなんか一度もないのにっ！

あれこれ考えすぎて頭がくらくらしてきた。

この部屋が暑いのも悪い。息苦しくなってきたような気がする。汗が目に染みる。目の前にいる拓実が揺らいで見えた。

頭痛がして視界が暗く狭(せば)まってくる。

耳が遠くなっていく。

「え？　日野田君？　おい！　陽登！　どうしたっ！」

最後に聞こえたのは、拓実の焦った声だった。


ひんやりとして気持ちがいい。

うっすらと目を開けると、そこには今にも泣きそうな聡と、罪悪感いっぱいの表情を浮かべた拓実の姿があった。

「あれ……？」

最高の寝心地のここは、どうやら拓実の寝室のベッドらしい。

周りは殺風景で、窓とカーテン以外はなにもない。

「ベッド……掃除……」

「リネン類は、伴佐波が用意してくれたからここは綺麗だ。安心しろ」

するとと拓実の隣にいた伴佐波が深く頷いた。

「少し体を起こせるか？　まずはスポーツ飲料を飲んで。脱水症状を起こしていたから、いくらでも飲めるはずだ」

まさかと思いつつも、拓実に背中を支えられて体を起こした陽登は、渡されたペットボトルの中身を一口飲んだ。と思ったら、あっという間に飲み干した。

「すっきりした……」

「はい、もう一本飲んで」

今度は聡にペットボトルを手渡され、それも一気に飲み干した。たった今自分が一リットルの水を飲み干したなんて信じがたい。普通なら飲むのに時間がかかる量だ。

「これでまた、少し休んでいれば体調は元に戻るだろう」

再びベッドに横にされた。

拓実が陽登の頭を優しく撫でて「寝てていいよ」と言ってくれたので目を閉じる。

脱水症状の前兆は知っていた。頭痛や腹痛、胃がムカムカすることもある。腹が下ることもあるが、そんな症状はなかった。

きっと納戸の中で緊張していたから、症状が出なかったのだろう。そういえば、今朝からあまり水分補給をしていなかったな。

陽登は「体調管理も仕事のうちだぞ俺」と自分を叱咤しながら眠りについた。

再び目を覚ましたときには、なぜか隣に拓実が寝ていた。

というか、抱き枕にされていた。

……ああ俺、料理も作らずに阿井川さんちに泊まったのか。最悪だ……。

拓実を起こさないようゆっくりと体を起こし、抱きしめられていた腕を離す。

自分がＴシャツとパジャマの下だけ穿いているという恰好なのも情けない。きっと拓実が穿かせてくれたのだ。

床に転がっていたサンダルを借りてフットライトを頼りに部屋を出てリビングに行くと、陽登が知っているよりもずいぶんと片付いていた。

「あれ……?」

取りあえずまとめていた本の山も、不燃物の入った袋も、ソファに積み上げられていた畳み待ちの洗濯物もない。

それどころか、カーテンレールにかかっていた洋服が影も形もなくなってカーテンが見えた。

そして床も綺麗だ。

土足オッケーの床なのに、素足で歩けそうなくらい綺麗だ。

俺が寝ている間に、みんなで掃除をしたんだろうか。もしかして秘書さんも手伝わされたのかな……。

そんなことを思いながら静かにキッチンに向かう。

キッチンシンクにはデリバリーの空き箱があった。寿司とピザと中華総菜の空き箱を見て、陽登は心の底から「申し訳ない」と謝罪した。

冷蔵庫横には陽登のバッグが置いてあった。確かスマートフォンも中に入っているはずだと、手を突っ込んで中を掻き回して探す。

ようやく見つけて画面を見ると、デジタル時計は午前二時を示していた。

書き置きをして帰宅するにしても電車がない時間だ。深夜料金を払ってタクシーに乗ろうかと一瞬だけ考えたが、首を左右に振ってやめた。

体は軽くて頭もスッキリしている。

ならば今やることは、一つだけだ。

陽登はキッチンの明かりをつけてデリバリーの空き箱をゴミ袋に入れて玄関先に置き、手と顔をキッチンシンクの水で洗い、うがいをしてからペーパータオルで顔を拭く。

バッグの中からシェフジャケットと帽子を取り出して身につけて、「よし」と小さく頷いた。

拓実が何時に起きるのか知らないが、取りあえずタイムリミットは午前六時にしておこう。それだけの時間があれば、「ダメなシェフ」の汚名を返上できる。

「メニューは……」

「使っていないオーブンがあるので、よかったらパンを焼いてくれないか？」

アイランドキッチンの作業台の向こうから声がした。

「……阿井川さん」

「ぐっすり眠っていたから、そのまま寝かせたんだけど起きちゃったんだね。具合はどう？」

半袖の黒のアンダーシャツに下着という姿で、拓実があくびをしながらキッチンに入ってきた。彼は冷蔵庫からミネラルウォーターのペットボトルを二本取り出すと、一本を陽登に渡す。

「ありがとうございます」

「うん。うちの冷蔵庫の中の物は、好きに使ってくれて構わないからね。水やジュースが飲みたくなったらいつでも飲んでくれ」

「……本当に、今日は、いや昨日は……申し訳ありませんでした」

帽子を取って深々と頭を下げる。

だが拓実は「陽登君をプリンセスホールドできて嬉しかったよ」と言って笑った。

「冗談で済ませられません。俺は出張シェフで、しかも今回はオプションで掃除もする予定だったのに……顧客のベッドでぐっすり寝るなんて……」

「気にしないでと言っても気にするだろうから、ではこうしようか？　今日の君の一日を俺に売ってくれ。二人揃って納戸に閉じ込められてしまったハプニングがあったが、清掃代も払わせてほしい」

「掃除は……俺はこんな綺麗にしていません」

「君がいたからこそ、俺たちは頑張って終えることができたんだ。聡も伴佐波も『こうなったらとことんやろう』と協力してくれた。地下のゴミ集積場まで何度も往復したよ」

「あー……、こういうマンションだと、好きな日にゴミを捨てられますからね」

「そうなんだよ。いろんなゴミを持って行くものだから、集積所の係の人に不審な目で見られた気がする」

拓実は小さく笑い、「俺も目が覚めたから何か手伝おう」と言った。

「寝ててください。強力粉は買ってきていないのでパンは無理かもしれませんが、何か焼きます。朝食と日持ちする総菜を作る予定です。阿井川さんの提案通り、今日一日、俺の時間をあげます」

こんなこともあるさと笑顔で言ったら、いきなり真顔になった拓実に抱きしめられた。

突然のことで二本のペットボトルが床に落ちる。

「え……？」

「俺のことは拓実と呼んでくれと言ったよね？　陽登君」

「そんなことを言われても……俺は、その……っ」

コロンの香りかそれともシャンプーか何かか、拓実から良い匂いがする。スーツ姿で抱きしめられたときとは違う匂いだが、ふわふわと気持ちの良い匂いだ。

「今度はもっと触ってもいい？　君が可愛くてたまらない。仕事をしなくちゃと、夜中から家事を始める真面目な子を手放したくない。俺にできるすべての努力をしたい。今までほしいものはそうやって手に入れてきた」

「努力して手に入れるのはいいことだと思いますが……俺は流されたりしませんよ？」

「いいよ。俺が君に触れたいだけなんだから」

……なんてエロい言葉、深夜二時に言われたらヤバい。

「納戸に閉じ込められていたときに反応したのは、その……しばらくしていなかったからで、普段は出張先ではあんな風になったりしません」

「そうか。じゃあ、俺が手伝ってあげるからスッキリしてしまおう」

股の間に拓実の膝が遠慮なく入ってきた。

「俺たちは相性がいいと思うんだ。こうして抱き合っているだけで気持ちがいい。この温かさをずっと共有したい。少し触れただけで『だめだ』と直感で分かることも多いのに、俺は陽登君にずっと触れていたいと思っている」

「その、気持ち悪くはないですよ？　阿井川さんはおっさん臭くなくて良い匂いがします。気を遣ってるんだなって好感が持てます。今も良い匂いがします……。でも、だからといって」

「普段はコロンを付けてるけど、今はなにも付けてないよ？」

「え？　………じゃあ俺の気のせいですね」

何を言ってるんだ俺はーっ！　もーっ！　この人を喜ばせるだけじゃないかーっ！

冷静に言ったつもりなのに首が熱い。

陽登は拓実に抱きしめられたまま「あの、あ、明日のことを考えて、寝直した方がいいと思うんですが……」と言った。

「んー……そうだな。寝た方がいいね。俺は自宅で仕事をするが、聡は学校があるので朝食の準備はお願いしたい。いいかな？」

「当たり前です。俺は料理を作りにここに来ているのですから」

「うんうん。でも今は、俺に触らせて？　ね？」

「なんでそうなるんですか？」

「俺も君の匂いが好きだから。良い匂い同士だから気持ちよくなれると思うんだ。それを確かめたい。……君には経験がないかな？　自分の好きな匂いは良い匂いだろう？　そういう相手と触れあうのは最高だと思う」

今まで考えたことはないが、納得はできる。できるが……陽登は頷けない。

「いやなら、俺を振り払って離れてくれればいい。寝たいならさっき寝ていた俺の部屋を使ってくれて構わない」

「だったら、あなたはどこで寝るんですか」

「ソファかな。使っていない部屋はあるんだがベッドを置いていない」

「それはダメでしょう。家主は自分の部屋で寝てください。俺がソファを使います」

「頼んで来てもらっているのにソファでなんか寝かせられない。………だから、さっきみたいに一緒に寝ればいいと思うんだが？」

一周回ってそこに辿り着くのか。

陽登は「結局そこかー……」と気の抜けた声を出して笑った。

「ここで笑う？　まあいいけど。俺は君に触れたい。君の反応が見たい。どんな声を出して気持ちよくなってくれるのか知りたいんだ。君が好きだからこその好奇心だよ？　いきなり最後までしようとは思わないから、可愛い表情ぐらいは見せてほしい」

「最後……？　最後って……」

「挿入しないよ。だって、なんの準備もしなかったら陽登君が辛いだけだ。俺はそんなの耐えられないからね？　それに、聡と暮らすようになってから、ローションとコンドームは買ってない」

なんというか……意外と真面目？

陽登が「へー」と思わず感心すると、「俺って結構だらしなく思われてる？」と拓実が拗ねた声を出す。

「そのルックスだから、さぞかし……と思ってはいましたよ」

「昔はいろいろあったけど、今はそんなことはないよ。さて、寝室に戻ろう」

ちょっと待ってと言う前に、ひょいと抱きかかえられた。

「大声を出したら聡が起きちゃうから静かにしてね」

「う……っ」

有無を言わさない王子様スマイルに、陽登は唇を噛んで黙った。

「気持ちよくなってスッキリすれば仕事だって上手くいくと思うよ」

「……すっかりヤる気ですか」

「もっとこう、可愛く言って。『料理と同じで、俺のことも食べちゃうんですか？』とか。そうしたら俺は、笑顔で『いただきます』と言うよ」

「そんな妄想ドリーム、よく言えますね……」

「俺も少し照れた。でも、君と一緒に恥ずかしい妄想に浸りながら快感を得るのもいいんじゃないかなと思う」

「恥ずかしい妄想って……今の時点でかなり恥ずかしいのに……っ」

「可愛いな。本当に君は可愛い。恥ずかしいって言われたら、俺はもっと君の恥ずかしい顔を見たくなる。触れて可愛がって、初めての快感にしっとりと浸してあげたい」

だから、耳元で囁くな。それだけで、射精しそうになる……っ！

もう何も言えなくなった陽登は、拓実に抱きかかえられて寝室に移動した。

ベッドに転がされたと思ったら「ちょっと待ってね」と放置された。

薄暗い天井を見つめながら、自分はこれからどうするんだと頭の中で気持ちを整理する。

嫌いじゃないから困るんだよな。でも俺、男としたことないしなあ……。つか、キスできるのか？　あの人、パーソナルスペースが狭そうだから……。

自分と拓実がキスをしているところを想像してみた。唇を触れ合わせるぐらいなら問題なかった。そして想像して嫌悪感も罪悪感もなかったことに絶望する。

「マジか……」

「お待たせ。さっき落とした水を持ってきた」

差し出されたペットボトルは底が少しへこんでいたが、飲む分には問題ない。

「ありがとうございます」

「そんなに緊張しないで。酷いことはしないから」

「……俺は同性とこうなるのは初めてなので……その、緊張します」

蓋を開けて一口飲む。

水は少しだけ温(ぬる)かったが、それが逆に飲みやすい。

「旨そうに飲むね。俺にも一口ちょうだい」

拓実がベッドに上がってきて、ペットボトルを持っていた陽登の腕を掴んだ。

自分の分もあるのに、なんでこれをほしがるのかなと思っていたら、ミネラルウォーターで濡れた唇に拓実の唇が押しつけられる。

ここでいきなりか。それにしても素早いし要領がいい。

「ふ、ぅ……っ」

抵抗する間もなく唇をこじ開けられて、拓実の温かな舌が口腔に入ってくる。

陽登は右手に持ったままのペットボトルの中身を零さないか気になって、キスされながらキャップを閉める。

「なんでそんなところで冷静なの？　面白いね」

一瞬唇を離し拓実が呆れ顔で、陽登が持っていたペットボトルをサイドボードに置いた。

「濡らしたら……寝る場所に困るから……」

「そんな心配しなくていいよ。……ほら、もう一回。口を開けて。最初のキスは気持ち悪くなかっただろう？　ね？　だからもっと気持ちのいいキスをしよう。初めての君に、気持ちのいいことをいっぱい教えてあげたい」

くっそ、慣れてんなー……と怒りと感心の入り交じった感情を腹の中に抱えたまま、陽登は目を閉じて口を開いた。

「素直だね」

「……開き直りました。ついでだから、自分の経験値にでもしてやろうかと」

するど拓実が楽しそうに笑う。

目を閉じたままなので、どんな顔で笑っているのか分からないが、とにかく楽しそうだ。

「いいね。うん。レベルアップのファンファーレが鳴ったら楽しいね」

そしてキス。

今度は最初から舌を絡める深いキスだ。相手が同性だからか妙なところで対抗心が働いた。とにかく、下手だと思われたくない。

それに拓実も気づいたようで、キスをしながらくぐもった声で笑われた。

「ん、ん……っ、ん」

鼻で息継ぎをしながら互いの口腔を舌で愛撫する。必死になって対応していたせいか顎が少し疲れてきた。口の端から唾液が垂れているのが分かる。

拓実に肩を押されて、そのままゆっくりとベッドに仰向けになった。

「は……っ」

上顎の裏を舌でくすぐられると信じられないほど気持ちよくて、伸ばした足のつま先がきゅっと丸くなった。

「んっ、んんんっ、ふっ、う」

だったらこっちも同じことをしてやろうとしたのに、腰のあたりでもぞもぞと動く拓実の手に気を散らされる。

「なに、して……っ」

慌てて体を起こしたが、ズボンはもう膝下まで脱がされていた。

「パジャマのズボンを脱がそうと思って。………ほら、脱げた」

脱がすの早いし……っ！　俺、すっかり勃起してるし……っ！

チャコールグレーのボクサーブリーフは、テントを張って染みまで広がっている。

「安心して。俺ももう勃起してるから。一緒だよ、ほら」

サイドにブランドロゴが刺繍された拓実の黒いボクサーブリーフも性器の主張が激しい。

しかも拓実に右手を掴まれて、そこに押し当ててしまった。

硬くて熱い陰茎が手のひらの中で脈打っているのが分かる。そして大きさも立派だ。

「……俺で興奮してるの？　俺にキスして勃起した？」

「そうだよ。ゆっくり擦ってくれる？　もっと大きくなるから」

耳元で囁かれるまま、陽登は拓実の股間を下着越しに手のひらで擦った。

「気持ちいいよ、陽登君」

「手の中で、また、大きくなった。熱くて……脈打ってる……」

「そうだよ。君に擦ってもらって俺は興奮してる。君も、俺のペニスを触って興奮しているね。可愛いな」

「そういう言い方は……俺は二十六歳なので……」

「可愛いの意味が違う。何度も言っているんだ、君にだって分かっているはずだよ？」

耳を甘噛みされて、変な声が出た。

女性が出すような高い声だ。

「恥ずかしがらなくていい。耳は性感帯の一つだから、こんな風に噛まれたり舐められたりしたら、誰でも感じるんだ」

知っていたとしても、それを実行する人はあまりいないと思う。

現に陽登は、セックスのときに相手の耳を甘噛みしたり舐めたことはなかった。こんな気持ちのいいものだと知ったのは、たった今だ。

「もっと俺に耳を弄ってほしい？　噛んで舐めて、耳に指を入れてくすぐるのも気持ちがいいよ？　オナニーをしばらくしていないなら、耳だけで射精できるかもしれないね」

「それは、いやだ。恥ずかしい……そんなの……」

拓実がずっと耳元で喋っている。

息がかかって、時折唇がかすめていく。

それだけで、陽登は興奮して先走りを溢れさせた。下着の染みはずいぶん広がってる。中はもうとろとろに濡れているだろう。

「陽登君はずいぶん濡れやすいんだね。俺はこんなに濡れる子は初めてだよ。敏感なんだね」

そんな風に言われたことはないが、拓実が言うならそうなのだろう。

陽登は熱い息を吐きながら、拓実の陰茎を右手で擦り続けた。すこし粘りけのある音が聞こえてきたので、拓実の陰茎も十分興奮して先走りを溢れさせているのだと分かる。

「陽登君、ねえ、君の下着の中を見せて」

つまりそれは拓実の前に勃起した陰茎を晒すことになる。

「阿井川さんも、見せてくれるなら。俺のペニスも見せてあげるよ陽登」

「拓実って呼んでくれたら、俺だけじゃ……いやだ」

顧客を下の名前で呼ばないと決めていた。

けれど、今、拓実に耳朶を何度も甘噛みされては嘗め回され、勝手に腰が揺れた。

「あ、あ……っ、だめだ、そんな……っ」

「こんなことで頑張っちゃうの？　陽登。ここをこんなに濡らしているのに？　陽登はいじめられるのが好きなのかな？」

違うと言う前に、Tシャツの中に拓実の手が入ってきた。乳首に指先が触れたかと思ったら、そこをこね回すように弄られる。

「ひゃっ、あ、ああっ、そこ、そこだめ、だめだ……っ、俺、そこだめだから……っ」

「陽登は乳首が感じるのか。ふっくらしてて触りやすい乳首だね。こんな敏感だということは、ここを弄ってオナニーしてるの？　ん？」

陽登は大きな声を上げないように左手で自分の口を塞(ふさ)ぐ。拓実の陰茎を愛撫していた右手はすでにおろそかになっていた。

「俺に乳首を弄られて気持ちがいい？」

陽登はぎこちなく頷いた。

昔から乳首は敏感な場所で、シャツに擦れるとすぐに勃(た)った。それを指摘されないよう厚手のTシャツやアンダーウェアでやり過ごした。日本ではそれでどうにかなった。

問題が起きたのは海外に行ってからだ。下宿先に柔軟剤などなく、そのままシャツを着たら擦れて赤く腫(は)れ、熱を持ってしまった。

薬を塗って絆創膏(ばんそうこう)で覆ったら治ったが、今度は絆創膏にかぶれた。痛みは鈍いが痒(かゆ)みがなかなか治まらない。薬を塗るついでに指先で引っかくようにしいていたら、それが意外にも気持ちよくて罪悪感に手を止めた。

渡航先での二十二歳の夏、陽登は「男の乳首でも感じる」と知ったが、その場所は封印すると決めた。男なのにこんなの恥ずかしいと思ってしまったのだ。

「シャツを脱いで寝転がろうか？　陽登の可愛い乳首を両方見せて」

陽登は自分だけどんどん服を脱がされていくことに気づくことなく、快感に染まった頭のまま素直にTシャツを脱いで仰向けに寝転がる。

「君、もしかして……と思ったけど、体がいい引き締まり方をしているわりには、大胸筋(だいきょうきん)が発達しているね？　おっぱいが大きくてふっくら乳首か。最高じゃないか」

「あ、あ、あのっ！　そういう言い方は……セクハラ……っ」

「この状態でセクハラもなにもないでしょう？　素敵な体だよ。発達した大胸筋も、敏感なエロ乳首も大好物だ。そして、敏感すぎて先走りが止まらない恥ずかしいペニスもね」

　どれもこれも下品で王子様が口にする単語じゃない。

　拓実がわざとそういう言葉を選んでいるのが分かる。とても嬉しそうな笑顔で陽登を見下ろしながら、とろとろに濡れた下着を抜き取った。

　体を隠す物は何一つなくなって、ぶしつけな視線に晒される。でもそれが気持ちよくてたまらなかった。

　ああきっと俺は変態なんだ。この人の言葉にいちいち反応して、気持ちよくなってるし。

　陽登は荒い息を吐いて、アンダーウェアを脱いでいる拓実を見上げた。

「そんな物欲しそうな顔で見られると嬉しい。俺も、こんなに興奮するのは久しぶりだよ。陽登に早く触れたい。君にしたいことがありすぎて、さっきからずっと焦っている」

　屹立(きつりつ)した陰茎を隠そうともせず、拓実が笑う。

　思わず視線が股間に向いたら、拓実に「今日は兜(かぶと)合わせぐらいかな。これを本格的に使うのは、もう少し先になりそうだよ」と言われた。

「今から、ね、俺のことを……」

「拓実、さん？　で、いいですか？」

「うん。よくできました。いっぱい可愛がってあげるからね、陽登」

「……おっさんくさい。あと変態っぽいです、その言い方」

「変態は認めるかなー……いろいろなプレイを試したいしね。だけどおっさんではない」

真面目に言うから笑ってしまった。拓実も釣られて笑う。

ひとしきり笑ってから、再びキスから始めた。

唇へのキスが少しずつ下がっていき、首筋から胸へと移動することを期待した。

自分では様々な感情が渦巻いて素直に触れないのだ。

セックスで愛撫してくれと言ったこともない。「男の人でも乳首が感じるの？」と笑われそうで、一度も言えなかった。

胸にキスをしていた拓実が顔を上げ、「ここから先、どうしてほしい？」と笑う。

やっぱりこの人は変態だ。確信した。

陽登は「ぐ！」と言葉に詰まったが、すぐに陥落する。

こうしてほしいと言える相手なのだ拓実は。

「今まで、誰かに乳首を弄ってと言ったことがある？」

薄赤い乳輪を指の腹でくすぐられて腰が浮く。

「ない。ない……です。恥ずかしくて……言えなかった」

「うん。でも俺にになら言えるよね？　陽登のエロ乳首はとても美味しそうだ。舐めて舌で転がしてしゃぶって、それから、強く引っ張ったり指で弾いていじめたい」

「拓実、さん……っ」

どうしよう、なんでこの人は分かるんだろう。俺が自分でしたくてもできないこと、いっぱいしてほしいって、どうして分かるんだろう……っ！

陽登は両手を伸ばして拓実の頭を掴み、「拓実さんが言ったこと、全部、してほしい」とうわごとのように言った。

言い終わった途端、体中の血液が沸騰したように心臓が高鳴る。体のどこもかしこも触れてほしくて、シーツの摩擦にさえ感じてしまう。

「それだけでいいの？　乳首を弄られるだけでいいのかな？　ずっと放置したままのペニスを先に射精しようか？　射精したくて玉がパンパンになっているよ陽登」

拓実の手のひらで陰嚢を転がされて「あ、あ」と情けない声が口から漏れた。

「こんなこと、今までセックスした誰にもされたことないだろう？」

「うっ、ぁ、ああっ、ない、ないですっ、こんな気持ちいいこと……誰も……っ、ああっ、そんな強く揉んだら、俺っ、も、出ちゃう……っ！」

拓実の指が触りやすいように、両足が勝手に開いていく。

「気持ちいいね。顔を見ていれば分かる。陽登は、ここで感じることはできるかな？」

「な、なに……?」

拓実の指が、陰嚢と後孔の間、会陰(えいん)をゆっくりとなぞった。むずむずするなと思っていたら、力を入れて押してきた。

「あ……? あっ、なに、ここ……っ! 腹の中……熱いっ、拓実さんっ、そこ、なんか変」

「いい子だね。最初なのに感じられるのか。陽登は敏感だから? ここね、中に前立腺(ぜんりつせん)があるんだよ。いきなり指を突っ込むことはできないから、外から感じられるか確かめてみたんだ。もっとこう、強く押してみたらどうかな」

拓実が笑顔で会陰を強く、何度も叩くように刺激する。

「あっ、あ、あああぁっ!」

体が勝手に快感で跳ねた。

乱暴な愛撫にもかかわらず、陽登はすべてを快感として受け止める。

「ひっ、あ、今の……今の……なんだよ……俺、分からないまま……出た……っ」

陰茎を刺激したわけではないのに、鈴口(すずぐち)から精液が溢れて出てくる。強引に絞り出されたような苦しさと、体の中の敏感な部分を愛撫された快感が入り交じって、精液が止まらない。

「精液がたっぷり出たね。今度は俺も一緒に気持ちよくなっていいかな?」

「待ってくれ、拓実さん、俺……まだ、気持ちいいの……止まらなくて……」

「大丈夫。もっと気持ちよくしてあげる」

拓実の触れるだけのキスが気持ちいい。

陽登は自分から口を開けて拓実の舌を誘い、彼の口腔を味わう。気持ちがよくて頭の中が白くなる。

足の間に拓実が入ってきて、そのまま、正常位でセックスをするように両手で腰を掴まれ、くいと持ち上げられた。

半勃ちのままの陰茎に拓実の熱い陰茎が擦りつけられる。

挿入はないが、挿入しているかのような腰の動きに、陽登の陰茎は瞬く間に硬くなった。

息を荒くさせて互いの陰茎を擦り合わせる。裏筋を刺激し合うだけなのに腰が蕩けるほどの快感が背筋を駆け上がった。

「そこばっかり、当たって……っ」

「気持ちいいだろう？」

陽登は何度も頷いて、拓実の動きに合わせて腰を振る。誰かに教えられたものではなく、本能で動いた。こうすれば気持ちがいいと、初めてオナニーを知ったときのようだ。

「は、はは……っ、いいね。凄くいい。気持ちいいよ、最高だ陽登。俺の動きに合わせるなんて可愛いよ陽登」

「あ、あっ、や、ああっ、拓実さん、俺、こっちも……ここ、弄って。乳首……っ」

恥ずかしくて死にそうになりながら、陽登は自分で自分の胸を寄せる。

「あ、お願い、します……っ、俺の乳首に、気持ちいいこと、いっぱい、してほしいっ！」

今まで絶対に言えなかったことが言えるなんて。

「いい子だ。よく言えたね。君のいやらしい顔を見ているだけで果ててしまいそうだ」

「お、俺も……っ、また、出そう……っ！　俺のちんこ、拓実さんのちんこに擦られて凄く気持ちいいっ」

拓実の吐息が乳首にかかる。

「ああ……っ」

興奮して乳輪ごと膨らんだ乳首が拓実の口に含まれ、きゅっと強く吸われただけで、陽登はあっけなく絶頂した。

目の前に真っ白な花火が打ち上げられているような感覚のあと、あり得ないほどの刺激が背筋を伝って頭の中を掻き回す。

その刺激が快感だと気づいたのは、拓実に乳首を甘噛みされてからだ。

口から悲鳴が出た。意味を成さない声を上げながら、両足をぴんと張ってつま先を丸めた。

大きな快感の波に飲み込まれて体が勝手に震えた。

それが一度や二度ではなく何度もやってくる。射精を伴わない快感は波のように何度も押し寄せているのに、拓実の愛撫が止まることはなく、陽登は子供のように泣き出す。

拓実が左手を使って陽登の胸を愛撫した。

「俺、イッてる、イッてるから！　もういっぱいイッてる……っ！　俺、イッてる！」

「陽登のメスイキが可愛くて、何度もイかせたいんだ。もう少しいいよね？　可愛い声をいっぱい聞きたい」

「んんっ、あ、ああっ、あーあーあーーーーっ！　拓実さん、拓実さんっ、俺、イッてるっ！　乳首でイッてる……っ！　こんなの初めて……っ！」

乳首を手のひらで押し潰すように擦られながら、陽登は快感の虜になる。よすぎて苦しいのに、もっと乳首を可愛がってほしい。

拓実の唇や指で甘く責めてもらえて嬉しくてたまらない。

「俺も、こんなに興奮するのは初めてだよ。可愛い陽登。君の手で射精させてくれ」

乞われるまま、陽登は右手を伸ばして拓実の陰茎を掴んだ。

「うん。いい子だね」

重ねられた拓実の手と一緒に扱いていく。陽登の精液で濡れた陰茎は、思ったよりもスムーズに扱くことができた。

ぐちゅぐちゅと粘った音と共に拓実の吐息がだんだんと荒々しくなって、しばらくすると拓実は低く呻いて陽登の胸に射精した。

「……ありがとう。気持ちよかったよ陽登」

ちゅっとこめかみにキスをされて嬉しい。

体はまだじんわりと快感の海に漂っているが、これ以上の刺激は劇物にしかならない。

ほんの少し胸の奥が切ないままで終えるのがきっと、一番いいのだ。

「陽登、ちょっと待ってね。今、体を拭くものを持ってくる」

拓実の指先が撫でるように額に触れる。

気持ちがいい。

「……体の相性、か」

もしかしてよかったのかな？　よく分かんないけど、こんな気持ちよかったの初めてだよ、ほんと……。俺って、凄い変態だったんだな。でも気持ちよかった……。こんな気持ちのいいことを覚えたら、これからいろいろ困りそう……。

ふわふわとした快感が続く中、拓実が戻ってくるまで起きていられずに、陽登はゆっくりと目を閉じた。

午前六時半。

「おはよう。朝食は何かな？」

夕べはあんな凄いことをしたのに、拓実は実に爽やかな笑顔でリビングに現れた。彼はソファに腰を下ろしてテレビをつけて朝のニュースを聞きながら、コーヒーテーブルに置いてあるタブレットで新聞の電子版を開く。

内心身構えていた陽登は少々拍子抜けしたが、何も言わないならこっちもそうすればいいと、澄ました顔で「そろそろマフィンが焼けるのでそれを出そうかと。あとは、トマトのオムレッと焼いたベーコン。タマネギとニンジンの簡単ピクルス、です」と言った。

「いいね！　あとすまない陽登。コーヒーを一杯お願いしていいかな？」

「え！　インスタントしかありませんよ？　それでいいですか？」

「うん。そうそう、昨日掃除をしたときに未使用のコーヒーメーカーを見つけたんだ。だから、豆を買ったら旨いコーヒーが飲める」

タブレットから目を離さずに笑う拓実に、陽登は「じゃあ、あとで豆を買いに行きます」と言って自分も仕事を再開させる。

どのカップが拓実の物か分からなかったので、おしゃれな食器棚に入っていた一番大きなマグカップを用意した。熱湯を注いでカップを温めたら、インスタントコーヒーを入れて熱湯より温めの湯を入れてかき混ぜる。

砂糖やクリームがなくてもいいように、聡のおやつ用に買っておいた柔らかいクッキーを軽くあぶって小皿に盛った。

「はいどうぞ。そろそろ聡君を起こしてきましょうか？」

まずダスターでコーヒーテーブルを拭く。

それからマグカップとクッキーを置いて尋ねたら、拓実が「この組み合わせはカフェみたいだ」と喜んだ。

「どっちも市販のものです。ただクッキーは温めるとより旨くなるタイプなので、コーヒーと一緒にどうぞ」

「ありがとう。陽登は気が利くね」

よしよしと頭を撫でられて「いや、それはちょっと……」と後ずさった。朝から変な気分になりたくない。

「今ここには大人だけしかいないから言っておく」

「はい」

「昨日は最高だったよ。料理の腕が素晴らしいだけでなく、あんなに可愛らしい顔を見せてくれてありがとう陽登」

王子様のスマイルがまぶしい。

だが、朝からそんなこと言わないでくれ。聞いてるこっちは恥ずかしいんだ。

「本当なら、眠りにつく前に言いたかったのだけど、君はもう眠っていたし、今朝は今朝でさっさと起きて朝食の支度をしていたから……」

「そ、そうですか。ええまあ……俺も、いい感じだったのは否定しません」

「では、ここに住んでくれるかな？　昼間はそれぞれ働いて、夜になったら愛の時間を過ごそうじゃないか」

「ですから、それは保留にしてください」

「……そうか。頷いてくれると思ったんだが。まあいいや、俺は待つよ、可愛い陽登」

笑顔に余裕があるのが、少しばかり気に入らない。

陽登はむっとした顔で「聡君を起こしてきますね」と言った。

聡の部屋は子供らしい散らかり方をしている。つまり、おもちゃや児童書が取りあえずはボックスに入れてあるが、床にも落ちているということだ。

陽登は以前出張先で間違って組み立てブロックを踏んで悶絶(もんぜつ)したときのことを思い出し、ブロックを踏まないよう慎重に歩いて聡のベッド近づく。

大学生になっても使えそうな、学習机とはほど遠いシックなデスクの上に校章の入った黒いランドセルが置いてある。

「おはよう、聡君。朝だよ」

「んー……？」

布団の中に潜(もぐ)っていた聡が、ゆっくりと顔を出した。

「おはよう。今朝のご飯はマフィンとトマトのオムレツだよ」

「朝ご飯っ！　おはよう先生！　凄い豪華な朝ご飯だね！」

聡は瞬く間に目を覚まして陽登の首に抱きつく。

「……待って。あのさ、昨日は大変だったのに、僕の朝ご飯を作ってくれたの？」

「あー……。そうだったね。俺はもう大丈夫だよ。昨日は心配をかけてごめん」

陽登は聡をぎゅっと抱きしめ返して、背中をポンポンと軽く叩いてやった。

「よかった。僕、先生に何かあったら生きていけないよ。僕は先生のご飯が大好きなんだ」

ませたセリフに笑いながら、つい「好きなのは料理だけ？」と意地の悪い質問をする。

「先生も大好き！　違う！　先生が好きなの！　あと、先生の作る料理も好き！　どっちも大好きっ！」

可愛い。涙が出そうなほど可愛い告白に、陽登は「俺も聡君が好きだよ」と言った。

これなら簡単なのに。

自分を可愛いと言った拓実の顔が浮かんでは消える。

「……さてと、聡君の着替えはどこにあるのかな？」

「あの中！　伴佐波さんが昨日持ってきてくれた！」

聡が指さしたのはクローゼットで、陽登は「よし、まずは顔を洗っておいで」と聡を床に下ろす。

「はーい！」

小学生だと、あと必要なのはハンカチとティッシュか？　給食の献立表があるなら見ておきたいな……。

いくら相手が小学生といえど、デスクやランドセルの中を勝手に探すことはできない。食事のときに拓実に尋ねることに決め、子供部屋を出る。

リビングに行くと、いろいろと荷物を持った伴佐波が「おはようございます」と声をかけてきた。

「おはようございます。昨日はご迷惑をおかけしました！　本当にありがとうございました！」

昨日は陽登の代わりにリビングの掃除をしたのだろう。申し訳ないことだと謝罪する。

「大丈夫です。そこはもう、しっかりと給与に反映してくださる方なので。割り切って働きます。それに、部屋の惨状が気になっていたので綺麗になってほっとしています。阿井川部長は、私たちにとってとても大事な方なんです」

秘書が笑顔で言い切るとは。拓実がそれだけ部下に慕われているということだろう。

誤解が解けたからよかったものの、拓実の初対面での態度が酷かったので、陽登は安堵の吐息を漏らした。

「伴佐波さん、よかったら朝食を食べて行きませんか?」

マフィンはたくさん作ったし、トマトのオムレツもすぐにできる。

すると伴佐波は「やった!」と声を上げ、「お言葉に甘えさせていただきます」と頭を下げた。

「はは。ではリビングで待っててください」

伴佐波は荷物を抱えたまま「部長、頼まれ物を持ってきましたよー」と、拓実に気さくに声をかける。拓実も拓実で「ありがとう。助かるよー」と部活の先輩のように言い返す。

拓実の部署は立ち上げてから数年しか経っていないとのことなので、伝統やしきたりに縛られない自由な職場なのだろう。

陽登は、トレーに焼きたてのマフィンやピクルスをのせてキッチンからリビングに向かう。

「マフィンは、プレーンの他に刻んだソーセージが入ったものやコーンを入れたものもありますので、お好みのものをどうぞ。こっちの器に入った白い物体は、カッテージチーズに蜂蜜をかけたものです。マフィンに塗っても、そのまま食べても大丈夫。こっちはタマネギとニンジンのピクルスです。酸っぱくないので食べやすいかと」

食べ物を並べ、紙ナプキンにカトラリーをのせながら説明すると、聡が「朝からマフィン！」と手を叩いて喜んだ。

「そして聡君はミルク。大人はコーヒー。俺は今からトマトのオムレツを作りますので待ってくださいね。すぐできます」

「え！　オムレツにトマトが入るんですか？」

伴佐波が驚いたので、陽登は「もしかして嫌いですか？」と尋ねる。

「嫌いじゃないです。ただ、驚いただけで。トマトのオムレツは初めてなので楽しみです」

「俺もだよ」

「僕も！」

全員が初めてなのもあって気合いが入る。是非とも「美味しい思い出」を作ってあげたい。

「卵とトマトは合うんですよ。スープや炒め物にもなります。今回はオムレツなので洋風ですけど。準備ができたら皿を持って並んでくださいね」

陽登はそう言って、一旦リビングをあとにした。

卵は一人三つ。

それをボウルに入れて黄色い卵液になるまでかき混ぜる。泡立てないように慎重に。トマトは皮を剥いてざく切りにしておく。

三ツ口コンロの一つにはいい感じに焼けた厚切りベーコンが入ったフライパンがある。

オムレツの作り方は調理師学校で習った。海外では「旨い物はなんでも入れていいんだよ」

というおおざっぱなオムレツも覚えた。

熱したフライパンにバターを入れる。家庭の冷蔵庫にあるバターなので有塩だが、そもそも卵液に味付けしていないのでちょうどいい。レードルで一人分を流し込んでから、刻んでおいたトマトを入れて素早く手前に返す。

「聡君、おいでー」

名前を呼んでやると、皿を持った聡が目をきらきらさせて「お願いします！」と言った。

相変わらず可愛いなこの子は。

陽登は笑顔で皿にトマトオムレツをのせ、厚切りベーコンを添えた。

「うわー……凄いやー……豪華なご飯だー……」

聡は何度も「うわー」を繰り返して、リビングに戻る。

拓実と伴佐波の分も手際よく作り、それぞれに厚切りベーコンをのせた。

「温かいうちに食べてください。俺を待たなくていいです」と言って、最後に自分のオムレツを作ってリビングに向かう。

聡はソファの上に正座をして、一心不乱にオムレツとマフィンを交互に食べていた。

伴佐波は一口食べるごとに「旨すぎる……」と目頭を押さえ、拓実は「旨い旨い」と笑っている。

大人たちもソファに座っていたが、テーブルが低いから料理は食べづらいだろう。しかもこの家は土足なので、床に座ることもできない。

「阿井川さん、ダイニングテーブルがあるといいですね」

「カウンターがあるからいいと思っていたんだが……そうだね、今日、買いに行こう。伴佐波、急ぎの仕事はないよね？」

善は急げだと言う拓実の横で、伴佐波が「ビジネスディナーまで戻ってきてください」と釘を刺した。

「そうだったな。聡は今夜、一人ご飯で平気かい？　なんなら学校帰りにオフィスに来てもいい。好きな方を選びなさい」

陽登はカウンターからスツールを引っ張ってきてそれに腰掛け、プレーンのマフィンとトマトのオムレツを口に運ぶ。

「僕はねー……先生と一緒に晩ご飯を食べます！」

「先生は夜はここにいないよ」

「え……？」

拓実の言葉に、聡は拓実と陽登を交互に見てからしょんぼりと頭を下げた。

「僕、一人ご飯は寂しいなあ……」

「だったらオフィスにおいで」

「それもいやだなあ。僕は先生と一緒がいい」

このままでは話が平行線だと分かったのか、拓実と聡は会話をやめる。

自分を「大好き」と言ってくれた聡のしょんぼり顔を見ているうちに口が勝手に動いた。

「俺が……来週から、毎週水曜はここに来るから。一緒にご飯を食べよう聡君。毎日じゃないけど……それでもいいかな？」

やってしまった。一家庭を贔屓にすることなど、今までなかったのに……っ！

陽登は心の中で反省し、でもこの決断に後悔はしない。

「先生が毎週うちに来て一緒にご飯食べてくれるの？」

「本当だね？　それは」

聡の横で拓実が真顔で確認した。

「そうだよ。絶対。本当です」

「だったら僕、今日は拓実ちゃんの会社で晩ご飯を食べます！」

笑顔で即決の聡に、拓実は「よかったね」と微笑み、陽登には安堵の表情を見せて軽く頭を下げた。

「……しかし、トマトのオムレツがこんなに旨いものとは思わなかったな。蕩ける卵とバターのこくがあり、それでいてトマトの酸味が爽やかだ」

拓実が感想を言う横で、伴佐波が「ごもっともです」と何度も頷いた。

「気に入ってもらえてよかったです。余ったマフィンは冷凍庫に入れておけば日持ちします」

「それはよかった」と拓実が頷く傍で、聡が「ごちそうさまでした」と空の皿を持ってキッチンへ行く。

「聡君、歯を磨いたら着替えてね。学校からのお知らせプリントは大丈夫かな？」

「大丈夫！　……今日は、晩ご飯は一緒に食べられなくても、僕が帰ってくるまで先生はここにいる？」

パウダールームに行こうとした聡が、くるりと振り返って小首を傾げた。

「いるよ。総菜をたくさん作って待ってるから、寄り道をせずに帰っておいで」

「やった！」

聡はその場で飛び上がり、スキップをしながら歯を磨きに行った。


「行ってきます！」と言って、制服にランドセルを背負った聡が登校していった。

彼は何度も「先生は僕におかえりって言うんだよ？」と念を押し、最終的には陽登に指切りをさせる。

拓実の頼みで再びマフィンを作り、あら熱が取れたところで袋に入れて伴佐波に持たせた。

「ＲＩＶＥＲＮＥＴ」のスタッフ用だという。伴佐波が「日野田さんのファンが多いから喜びます」と言って、ぺこりと頭を下げて会社に戻った。

そして現在、午前十時。

「掃除……しますね」

「床掃除に関しては、実は素晴らしい物を見つけたんだ」

拓実が指さした先は、テレビボードの横。

なにやら黒くて丸くて薄い物体が充電ランプをつけていた。あれは、自動掃除ロボットだ。

「たしかに、アレがあれば床は綺麗ですね。しかしどこにあったんですか？」

「放置していた段ボール箱の中にあったんだ。しかも二台も。床に物が落ちていない今なら、動かせると思って設置してみた」

「それはよかった。では俺は、洗濯機に洗濯物を放り込んで水回りの掃除をしますね」

せっかく報酬を出してくれるのだから頑張って働きたい。陽登はシェフジャケットを丸めて自分のバッグに入れると掃除用のエプロンをつけた。

「少し、話をしていいかな？」

「聡君のことなら、晩ご飯用の弁当を作ろうかと思ってます」

「そうか……そうだよね、うん。いつまでもこちらの我が儘で、君を縛り付けておくことはできない。君の提案を嬉しく思うよ。ありがとう」

「……また来週の水曜日に来ます。定休日ですが、その、聡君のためです。なんなら、その、俺は、火曜日の夜から来ても大丈夫ですが……ほら、俺もあなたのことは嫌いじゃないし……って冗談ですっ！　あーもーっ！　何言ってんだ俺っ！　恥を知れっ！　はしたないとかいうんですよねこういうの！　しかもグダグダだっ！」

澄ました顔でいられなかった。

顔が熱い。きっと真っ赤になっている。

自分は今、とんでもないことを言ったのだ。拓実を誘ってしまったのだ。

「陽登」

「待って！　それ以上……こっちに近づかないでください。俺は今、とてつもなく、はしたない男です……っ！」

「だったら俺も同じだよ。昨日の今日で、君を抱きたくてたまらない。君のいやらしい姿を見たくて、頭がおかしくなりそうだ」

「落ち着いて。そして拓実さんはお仕事してください。俺は掃除します。それが終わったら、昼飯にしましょう！」

「え？　あ、ああ」

「では！」

陽登は勢いよくバスルームに走った。

背中に「ちょっと陽登君〜」と声が聞こえたが、無視して走った。

そして黙々と掃除をこなす。

そろそろ昼食を作らなければ……と、水回りがぴかぴかになるまで掃除をして、乾燥機に洗濯物を入れてスイッチを押す。

リビングに戻ったら、拓実がソファの上で寝転がっていた。

規則正しい寝息。まるで眠れる森の美男だ。見ていて飽きない。

疲れているなら、昨日はさっさと寝ればよかったのに。

いくら初夏だと言ってもまだ寒い日はある。このまま寝ていたら風邪を引くから起こしてやらなければ。

「拓実さん」

トントンと、軽く肩を叩いて声をかけるが「んー……」と低い声を上げて起きようとしない。

ならば、と。

今度は耳元に「拓実さん」と囁いたら、いきなり目を開けた。

「びっくりした」

「それは俺の台詞です。あと、起きたならベッドで寝てください」

「眠くないよ。腹が減った」

「昼はピザでも焼きますか。ソーセージやベーコン、野菜が中途半端に余っているし」

粉を捏ねて休ませて、それから丸く伸ばせばピザ生地のできあがり。

　ピザは意外と簡単に作れる。

「君は……ピザまで作ってしまうのか……？　とんでもないな……素晴らしい！」

「簡単です……と言いたいところですが、ドライイーストがないのでピザもどきです。どっちかというとナンに食感が近いかな。余っているカッテージチーズと冷蔵庫の蕩けるチーズを使います」

「構わないよ。俺はナンもチャパティも好きだ。そしてトッピングに、餅！　小さく切って、コロコロと並べたい！」

「だったら和風ピザにするか……。餅を削ってチーズの代わりにする手もある」

「いやいやチーズは大事。チーズも入れてほしい」

「分かりました。じゃあさっそく作りますね！」

「俺は見てる！」

　拓実がまるで聡のようにはしゃいで、カウンターのスツールをアイランドキッチンの作業台まで持ってきて腰掛けた。

　時間が経ったおかげで、陽登のグダグダで恥ずかしい誘い言葉はどうやらリセットされたようだ。

「拓実さん、仕事は？」

「……やるべきことは終わって今日はビジネスディナーだけだ。今週は比較的のんびりなんだよ。だから在宅にしてもらっている。その代わり来週から地獄だ。テレビで俺を見たら手を振ってくれ」

何言ってんだこの人は。

陽登は「ふふ」と笑って、掃除用のエプロンを外してシェフジャケットに着替える。

「冷凍できるなら、聡のために一枚余分に作ってくれる？」

「もちろん」

手を洗って作業台をダスターで拭き、直に粉を置く。作業スペースは大理石で作られているので、温度が一定に保てるのが嬉しい。ずいぶんと贅沢な作りだ。

「分量が分かってて作ってる？」

「んー……まあ、大体。菓子の場合はしっかり計るけど、料理に関しては大体で問題ないです。できあがって美味しければいい」

「そうだな。俺は『塩少々』の少々ってどれくらいだよと悩む。グラムで記載してくれれば分かるのに」

「はは」

「笑われても仕方ないか。これでも聡の食事を作ろうと頑張ったんだよ？　だが人には向き不向きというものがあって……」

「努力しただけ凄いですよ」

両手で粉を捏ねて、ボウルに入れてラップで蓋をしてしばらく生地を休ませる。

その間に具材を刻み、ピザソースを作る。

オムレツ作りで少し残っていたトマトをフライパンに入れ、そこにチューブのニンニクとオリーブオイル、マヨネーズ少々を入れて軽く炒め、最後に乾燥バジルを入れる。

「本当は、ここに刻んだオリーブも入れたかったんだけど、ないから我慢ということで。味見してみます？」

「する」

陽登はスプーンにピザソースをすくって拓実に「はい」と渡した。

「ここは、あーんってするシーンだと思うんだけど………結構旨い。いいなこれ」

「あーんはしませんが、口に合ったようでよかったです。和風ソースも作りますよ。照り焼きソースっぽい感じになります」

「それは旨そうだな！　照り焼きチキンに餅トッピング……」

「刻み海苔に、七味も軽く振って、白髪ネギをのせる」

「聞いてるだけで腹が減った……」

拓実が眉を下げて両手で腹を押さえた。

「一時までには食べられますから我慢して」

「分かった。その間にダイニングテーブルでも検索するかな。実物を買いに行くときは一緒に行ってもらえると嬉しいんだが」

「水曜か木曜であれば大丈夫……ですが、俺がついて行くより聡君を連れて行った方がいいと思います。こういうのは家族で選んだ方がいい。私見ですけど」

陽登は拓実を一瞥してからタマネギの皮を剥く。

「だから、君も一緒に」

「俺はあなたの家族じゃないです……」

「でも、一緒に暮らすようになるかもしれない。だとしたら同居人の意見も聞いた方がいいだろう？　それに」

そこまで言って拓実が黙ったので、陽登は手を止めて「それに？」と首を傾げる。

「俺は君のパートナーになりたいと思っている」

「……どうして、そんなことを言うんですか……」

「どうして？　俺は君が好きだし、可愛いと思っている、もっともっと触れたい。どうしようもないくらい触れたいんだ。まるで十代の少年に戻ってしまったように、君を欲している。この思いは分かってもらえるかな？」

「……あなたを好きになってしまったら困ります」

拓実の手が作業台を軽く叩いた。

「好きになってもいいじゃないか。どうして困るんだ？」

「あなたには分からないかもしれないですね」

陽登はタマネギと包丁を作業台に置き、真顔で拓実を見つめた。

「住む世界が違います」

「え？」

「住む世界が違う人を好きになったら辛いのは自分です。それに、あなたは顧客で、俺たちはそもそもお互いのことは殆ど知らないじゃないですか。……そりゃあ……拓実さんとのその、アレなことは、凄く気持ちよくて、二十六年生きてきてあんなに気持ちよかったのは初めてですけど……恋愛は無理でしょう？　あと俺、セフレとかそういう体だけの関係は無理です……」

「陽登」

いきなり右手を掴まれた。

「タマネギ臭いですよ」

「恋は落ちるもので、愛は、落ちた恋を育（はぐく）むものだと思っている。それに、恋愛に時間は関係ない。付き合いながら互いを知っていけばいい。住む世界が違うなんて、そんなことを考える必要はない。俺が君をちゃんと守る。君が余計なことを考えなくてもすむように今からキスして抱きしめてあげるよ」

「仕事の途中でそんなことできません。あと、俺の話を聞いてましたか？　あなたと俺とじゃ、住んでいる世界が違うんです。そういう二人が一緒になるとほぼ破局しますね。これでも結構、いろんな人を見てきたんで」

陽登はそっと手を引いて拓実から離れると、タマネギのスライスを作る。

「そんなこと……君に言われるまでもなく俺はとうに知っているよ」

「……………それって」

「そう、聡の両親」

拓実が鼻に皺を寄せて言った。

「市販のホットケーキミックスとバナナで作ったカップケーキが、母親が作ったものと同じ味というのは……資産家にしてはちょっと引っかかるところでした。お金持ちの家庭って素材にこだわった手料理か、もしくは外食です。大体そうです。だから……」

スライスしたタマネギはボウルに入れて水にさらす。

次はピーマンのスライスだ。

「俺には兄が一人と姉が二人いてね、下の姉は奔放（ほんぽう）な人だった。就活をせずに大学を卒業してしばらく音信不通になったと思ったら入籍してたんだよ」

世間話をするように拓実がのんびりと言う。

陽登は「そうですか」と相づちを打った。

「うん。結婚しましたって写真付きのはがきが一枚家に届いた。両親はカンカンで、兄と上の姉は宥（なだ）めるのに必死。はがきを見た俺が『どこの馬の骨とも分からない男ってこういうのを言うのか』と言ったら、兄と姉が『それ！』と言って笑い出した」

　ばつの悪い顔で肩をすくめる拓実に、陽登は「もう気にしてないです」と言った。

「両親は厳しいしつけをする人だったけれど、愛情豊かな人たちだ。でもね、下の姉には家が窮屈だったんだろうね。風になりたいとか雲になりたいとか言ってる人だったから」

「あー……そういうタイプの人、いますよね。俺もそういうバックパッカーを何人か見ましたけど、母国に強制送還されてました」

「うわ。旅先で犯罪でも犯したのかな？」

「はは。資金が尽きて強盗とか万引とか、いろいろですね。俺は幸い料理の腕があったので現地の店で働かせてもらいましたけど。ヨーロッパは就労ビザを取るのが面倒くさかったな。一旦日本に戻らなくちゃならなかったし。でもまあ、どうにか暮らしてました」

　取りあえず言葉が話せて積極的であれば、当時はどうにかなったのだ。

　陽登は「警察に追いかけられるよりもイノシシに追いかけられる方が怖かったです」と言って笑った。

「そうだね。突っ込んで聞いたりしないよ。人に歴史有りだ」

「そんなたいそうなもんじゃありません」

「……楽しければいいんだよ、楽しければ。俺はねえ、陽登。はがきの住所を頼りに、ある日、下の姉のところに行ったんだよ。小さなアパートの一室だったけど、喜んで迎えてくれた。少し痩せてたけど楽しそうだった。兄弟で出し合った結婚のご祝儀を渡したら泣いていた」

陽登は何も言わずに、冷蔵庫から鶏肉を出して照り焼きチキンの下ごしらえを始める。

「姉の夫は、どこかの食品メーカーの営業だと聞いていたが、仕事熱心ではなかったようだ」

「……あー」

「察しはつくよね。それから何度か手土産を持って会いに行った。聡が生まれてからはより頻繁に行くようになった。夫には一度も会うことはなかったんだ。あの男と会ったのは、下の姉が事故で死んだ後だ。競馬新聞を片手に病院に現れて『最終レースの馬券を買えなかった』と怒っていた。あの姿を見て、俺は聡の親権と養育権を争うと決めた」

「……頑張りましたね、拓実さん。肉親じゃないのに」

「ほんとだよ。そりゃもう一族総出で頑張ったよ。おかげさまで今の生活があるわけだ。ついでに、聡の父親には接近禁止命令も出てる」

「うわ……、何かあったんですか？　何かしそうな相手ではありますが」

「誘拐されかけたんだ。本当に馬鹿な男だよね。聡の前ではこんなこと絶対に言わないけど」

「その心がけは、とてもいいと思います。どんな親だとしても、子供は親の悪口を聞いて育ちたくないです」

陽登はフォークで鶏肉をざくざくと刺して言った。

子供の頃を思い出して嫌な気持ちになる。

「君は……大変だったのかな？」

「ええまあ」

「もっと詳しく聞いても平気？」

綺麗な顔と子供のような無邪気さを絡めて聞いてきた。

別に隠していることではないので……と、陽登は軽く頷いて話し始める。

「俺は七歳で両親を亡くして、十二歳で養父に出会うまで親戚をたらい回しだったんです。最初はいい顔で『うちにおいで』と言ってくれるんですが、両親の保険金は弁護士が管理していて、生活費以外は二十歳になるまで受け取れない仕組みになってたんです。そしたらもう、『うちには住まわせられないわ』って、簡単にポーイです」

両親に兄弟がいればまた別だったかもしれない。だが陽登は、遠縁（とおえん）でも一度は「引き取ろう」と言ってくれただけマシだと思っていた。

遠縁の家の子供と折り合いが悪くて、もう養護施設に入るしか仕方がないというときに、両親の友人という人が尋ねてきてくれた。

『君のお父さんとお母さんにはずいぶんと助けてもらったんだ。君のことも、赤ん坊のときにしか会っていないが知っているよ』

その人は「菱本敬吾（ひしもとけいご）」と言った。

「……それで敬吾さんは、俺の保護者になってくれたんですよ」

「待って」

「ん？」

「その敬吾さん、『シャトン』のシェフであり経営者でもあった菱本敬吾であってる？」

「そうです。敬吾さんは有名人だった。でも、俺が二十歳のときに病気で死んでしまって、俺は結構辛かった……。心が折れた折れた。ほんと、立ち直るまで大変だったんですよ」

つたない手つきで淹れたお茶を「美味しい」と言って飲んでくれたのは父だった。キャベツを剥いただけで褒めてくれたのは母だった。

敬吾は、陽登が初めて作った焦げついた目玉焼きを「美味しい」と言って食べてくれた。

それが嬉しくて、料理を生業にすると決めた。単純な理由だ。

敬吾は「とても大変な世界だよ」とだけ言って、反対はしなかった。

『君のお父さんは僕の先輩で、店を任せられるほどのシェフだった。でもね、家族で食べに来られる店を作りたくてと言って辞めたんだ。もったいなかった。あの人の作る創作料理は本当になんでも旨かったんだ』

高校を卒業して調理師学校に入った。敬吾は大学に行ってほしかったなあと文句を言ったが、陽登は少しでも早くシェフになりたかった。

陽登は敬吾に料理の基礎をたたき込まれた。彼の専門はフランス料理だったが、「シェフっていうのは大体の国の料理は作れるものだ」と笑い、知っている限りの料理を教えてくれた。

陽登は彼を父とも思った。

「寂しくないか?」と尋ねる彼に、いつも笑顔で「敬吾さんがいるから寂しくない」と言った。その通りだったのに、病気であっけなく死んでしまった。

「そうだったのか……。俺は、父からの電話で知ったんだ。菱本シェフが亡くなったって。阿井川家の人間は彼の店によく行っていたし、両親は菱本シェフとも知り合いだった」

「敬吾さんは職場のことは何も言わない人だったので……。そうか、拓実さんも敬吾さんの料理の味を知っていたんですね」

「もうね、天国の味。とても美味しかった……。あの味は彼だけのものだね。彼の死後、店は閉めてしまったと聞いたよ」

「はい」

遺言(ゆいごん)が残されていた。

店は畳み、スタッフには別の店への紹介状とボーナスが渡された。弁護士がすべての処理を済ませてくれた。

葬儀はせずに墓もない。敬吾の遺灰は彼が好きだった海に消えた。

二十歳の陽登の手元に残ったのは、両親の保険金の残りと、敬吾が残してくれた遺産、そして、おそらく敬吾が命より大事にしていたレシピノートだ。

立ち直るまでずいぶんかかったが、陽登は気持ちを新たにするために海外へ足を向けた。

辛いことも楽しいこともパイシートのように幾重にも折り重なった。

「……そして、今の俺があるわけです」

拓実が立ち上がって何をするのか見ていたら、いきなり抱きしめられた。

「え？」

彼の体臭には弱いのだ。良い匂いがして、抱きしめ返して離したくなくなる。今この手に包丁を握っていなければ即座にそうしただろう。

でも今は、拓実の匂いを少し嗅ぐだけで我慢する。

「拓実さん……危ない。俺……包丁を持ってるんですよ」

「分かってる。でも、今俺は、君を抱きしめなければと思った。今までよく頑張ったね。えらいね。これからは、困ったときには俺が傍にいるよ」

不意打ちの言葉だ。

拓実に言われて、自分はこの言葉を欲していたのだと気づいた。敬吾を亡くして一人でずっと頑張ってきた。それが当然だと思っていたし誰かに褒められることでもないと思っていた。

なのに拓実は、そんな陽登を「頑張った」「えらい」と褒めてくれたのだ。

優しくて良い匂いがして、宝石のように綺麗な顔を持つ男が、「頑張った」と褒めてくれる。

それがどうしようもないほど嬉しい。泣き出しそうなくらい嬉しい。

胸の奥がきゅっと締め付けられてチクチクと痛いが、なくしたくない痛みだ。

そして、なくしたくないのは痛みだけではないことにも、今、ようやく気づいた。

「あ、ありがとう……ございます」

かろうじてそれだけ言うと、拓実はそっと体を離す。

もう少し抱きしめていてもいいのにと思った自分が、恥ずかしい。

「陽登君は、菱本さんのレシピノートを使って店をやりたいと思わないの？」

「無理です。敬吾さんには敬吾さんの味があって、俺には俺の味がある。それでいい。あのノートは大事な形見。敬吾さんがこの世にいた証。あと、俺が落ち込んだときに抱きしめて寝てます。よく眠れるんです」

鶏肉の余分な脂身を取って、醤油だれにしばらく浸す。

「はは。そういう使い方をするのか。君がそれでいいなら、俺はもう何も言わないよ。ところで餅を細かくするなら俺が切ろうか？」

拓実が両手を動かすと、陽登は「切るならこっちを」と、焼き海苔とキッチンばさみを指さした。照り焼きチキンと餅をトッピングにしたピザもどきの、仕上げに振りかける刻み海苔だ。

「喜んで」

「そしたら俺は、休ませておいた生地を使ってピザもどきを作ります」

キッチンシンクで丁寧に手を洗ってから、生地の入ったボウルを手元に持ってくる。

「あのね」

「はい？」

「俺は陽登君がますます好きになったよ。努力して強くなった子は大好きです」

「ありがとうございます。拓実さんはまず、ちゃんと刻み海苔を作ってくださいね？」

「え？　そこは『嬉しいです。俺も是非とも一緒に暮らしたいです』でしょ？」

「ですから、それに関しては保留です」

拓実は「えええー？」と文句を言っているが、気にせず仕事に励む。

今日は自分のアパートに帰るのだから、とにかく作り置きのお総菜をできる限り作っておきたいのだ。


帰宅して手を洗い、コーヒーカップを片手に、お気に入りの椅子に腰を下ろす。

ジューシーな照り焼きチキンに、とろり蕩ける餅。

白髪ネギと刻み海苔がトッピングされたピザもどきは大好評だった。

手作りピザソースのイタリアンなピザも旨かった。

生地にドライイーストを使わなかったから食感はチャパティだったが、これもなかなか旨かった。イタリア人の友人には怒られそうだが、生地の代用にはなる。

陽登は、今日作った料理の写真をスマホで見ながら「俺は頑張った……」と独りごちた。

ノートパソコンに写真を移行させながら、自分のウェブサイトとメールを確認した。

キャンセルはなしで、ご意見が数件届いている。

どれも「予約が取れない人たちへの救済はないのですか」というものだ。

こればかりはどうしようもない。

企業ならば他の料理人を派遣できるが、陽登は何もかもを一人でやっているのだ。顧客を増やそうと無理をすれば、自分にしわ寄せがくる。まだ若いからと高（たか）をくっていると、数年後には何倍にもなって自分の体を苛（さいな）むのだ。

質を保って、自分ができる範囲で仕事を回す。

敬吾を見ていてそう思った。

ただ、彼が病（やまい）を隠していることにすぐに気づけなかったのが今も心残りだ。

「しんみりするのはこれくらいにしよう。そうだ、俺にはそういうのは似合わない」

声に出して自分に言って聞かせるのも大事。

「そうだとも。頑張れ俺」

拓実さんも褒めてくれたじゃないか。

良い匂いだったなあ。大好きだなあ。でも欲は出せない。きっと、匂いを嗅ぐだけじゃすまなくなる。それはだめだ。住んでる世界が違うんだから。たまに予約を入れてくれる、それだけでいい。どんなに好きでも仕方ないんだ。何もかもなくすより、今の関係のままでいい。そう思え。

気持ちを切り替えろ。

明日の出張先は、常連の家庭で気心も知れている。

きっと楽しい時間を過ごせるだろう。

「……で？　日野田君的には、その人と暮らしたいと思っているの？」

常連と言うよりも仕事がなくて困っていた頃に「うちで料理を作って」と言ってくれた田中(たなか)家の奥さん・田中リサは小説「作ってもらうと美味しい料理で人が死ぬシリーズ」が代表作の作家で、結構質問が鋭い。陽登は、作家はみんなそういう生き物かと疑ったが、他の作家のところへ仕事に行っても大体同じだったので「みんなこういう性分なんだ」と勝手に納得した。

「だから先生は俺のプライベートより自分の原稿を仕上げてください。なんのために俺が協力しているんですか！」

「ごめんなさい。でも気になるじゃない。プライベートを語らないシェフが、ぽろりと零した仕事先の人って」

「先生、田中先生、だからそういうのやめて。スマホを俺に向けて録音しようとしないで」

「インスピレーションが欲しくて！　今ちょっとやる気がわいてこないの。だからいろんな話を聞きたい。インプット大事よインプット～」

　雑誌のインタビューでは着物を着こなして素敵なのに、ジャージを着てソファの上で転がっている姿はどこの海からやってきたトドかと思う。決して言わないが。

「で、一緒に住むの？」

「住みません。だって俺は、相手のことを少ししか知らないんです。相手を知らないまま一緒に暮らして、もし俺が嫌われたら大変です。俺は生きていけない……」

「あー……、私も若い頃に意気投合した子と半年アパートをシェアしたけど、最後に家賃を持ち逃げされたっけー。そういうたぐいの危険もあるよね」

　大根を千切りにしながら、陽登は首を左右に振る。

「そういう心配はないです。相手は資産家なので」

「王女様の元に嫁ぐのね平民男子～。夢物語じゃないの。頑張りなさいよ。それにあなたが嫌われることはないと思うけど？　顔はいいし、料理は上手いし、それ以外の家事もできる。そんな素敵な男子を手放す王女様がいる？」

　ぎくりとした。

　ただし相手は王女様ではなく王子様だ。

今度はニンジンを千切りにする。

「でも俺は、不安を数えたら切りがなくて、踏ん切りがつかない」

「……資産家の彼女だと、親戚が黙っていなさそうね。韓流ドラマみたい。素敵」

「そういうのは問題ないと思いますが……なますは甘めがいいんですよね？」

「そうよ甘酸っぱい恋の味にして」

陽登はリサの陽気な声に返事をせず、黙々となます用の酢を作る。

余った大根は煮て、鶏そぼろあんをかけて食べられるように別々の容器に入れておく。揚げなすは鷹の爪を入れた出汁に浸けてピリ辛味にした。

長芋は拍子木切りにしてバターでさっと炒め、仕上げに醤油を垂らす。刻んだ大葉とごまを振って完成。

「居酒屋が開けるわよ日野田君。私がオーナーになろうか？」

「お気持ちだけいただきます。一人でやってるのが性に合っているので」

「そうなのよね ー……だからこそ、一人で対処できないことが起きたときのために、資産家の王女様と一緒に暮らしたら？　結婚するわけじゃないんでしょ？」

「……結婚、できませんから」

「え？」

「あ、いやいやなんでもないです。いつものように、全部ガラス容器に入れておきますね。そうだ……卵と片栗粉が少し余ったので、お菓子を作りますよ。簡単です」

ソファから起き上がってじっと見つめるリサの視線から逃れようと、陽登はボウルに片栗粉と卵、そして砂糖とサラダ油を入れて菜箸で掻きまぜる。

「簡単なので目分量でも作れるんです」

「私今、ちょっと凄いことを思いついちゃったんだけど！」

「それはよかった。是非作家活動に反映してください」

手のひらでくるくると一口大に手早く丸めて、アルミホイルの上に置く。それをオーブントースターに入れて、上にもふんわりとアルミホイルをかけてタイマーをセットした。

「日野田君、私はあなたの相手が王女でも王子でも気にしないから、うちにはちゃんと通ってね？　うちの家族はあなたの料理が食卓にないと成り立たないの。家庭崩壊しちゃう」

鋭いなー。もうどうしよう。こうしてぽろぽろと言ってしまうのは、きっと俺が、誰かに話を聞いてほしいからなんだろう。

陽登は小さく頷いて、「お茶を淹れましょうか？　先生」と言った。

「あら、それならいい紅茶があるのよ。こないだファンの方からもらったの！　お茶請けは、今オーブントースターに入ってるそれね」

それなら、と、勝手知ったる常連宅のキッチン。

陽登はシンク上の棚からポットとティーカップを取り出した。

「それと、日野田君、君はまだ肝心なことを語っていない気がするんだけど？　どう？」

「う……っ」

「一緒に悩んでくれる人がいると、気持ちが楽になるよ？」

「だから先生は、なんでネタ帳を広げているんですか？」

自分の話を本気でネタにする人でないのは知っているが、話の流れとして陽登は突っ込みを入れた。


そして、お茶と簡単焼き菓子でおやつの時間を堪能しながら、陽登はすべて語った。

話し終わって気持ちが少し楽になった。

反対にリサは両手で顔を覆い「新たな扉が開きそう」と言った。

陽登が作った簡単焼き菓子は、三分の二は彼女の腹に収まっている。カリホロサクッとした食感と優しい甘さで、紅茶によく合った。これがコーヒーだったら味が負けていたと思う。

「俺としては、一緒に暮らしたとして、万が一捨てられたら再起不能かなと」

「そうねえ」

「それでなくても、同性カップルの子育てはいろいろと大変なんです」

「そうだわねえ」

「なんというか……一緒に暮らしたら、絶対に今よりずっと好きになりそうで怖い。そんな俺は俺じゃない」

「なにそれ可愛いわ～っ！　ようは、逃げ道を残しておくと心が安心ってことね。だったら、今のアパートはそのままにしておけばいいんじゃない？」

「は？」

何を言ってんだ？　この作家先生は！

陽登は目を丸くして、向かいに座っているリサを見た。

「アパート代ぐらい王子様に払ってもらいなさいよ。それを笑顔で『それくらい当然』って言ってくれなかったら、一緒に住まなければいいじゃない」

「えー…………それはちょっと…………図々しくないですか？」

「そう？　じゃあそれは最終手段にすればいいじゃない。しばらくはつかず離れずでいればいいわよ。だって、王子様が日野田君と生涯共に暮らすわけじゃないんだし。子持ちならなおさらでしょ。周りの人間が息子には母親がいた方がいいって言ったら、日野田君の立つ瀬がなくなるし」

「ちょ、ちょっと待って……先生、俺があんまり考えていなかったことをザクザク言わないで。凄く……気持ちが落ち込んできます。辛いですそれ……。好きな人に結婚が決まったから別れてって言われるんですよ？　俺、無理だから……っ！」

不安なのだ。

拓実たちと暮らせるのに保留にしているのは、不安なのだ。なんの保証もない関係だから、不安でたまらなくて。愛だけじゃどうにもならないことが起きたらどうすると、そこから無意識に目を背けていた。

「先生は、凄い人ですね。俺のハートは今血まみれですよ」

「あらごめんね。でも、事実を知って対策を練ればいいんじゃない？　何か約束をするときは必ず念書を書いてもらいなさいよ？」

「そういうことに関しては、知り合いに弁護士がいるので問題ないです。でも、あの人は俺の言うことは笑顔でかなえてくれるから……」

「うわ、ここでのろけ！」

「俺も……男が好きってわけじゃなかったし、アプローチも強引だったので焦ってしまったけど、返事はちゃんとします。それで向こうが俺に飽きたらそれはそれで……じゃない。よくない。俺がいやだ。念書を書いてもらうなら、内容は俺を絶対に捨てるな、にしたい。でもこんな女々しいことを言う俺は俺じゃないし……っ！」

言いながら自分がどれだけ拓実が好きなのか理解していく。

頬がだらしなく緩んで、ニヤニヤしないように精一杯の努力をする。

焼き菓子を一つ口に放り込んで、「ふー」と鼻で息をした。

いい感じに口の中で溶けた。改良すればもう少し旨くなりそうな予感がある。

「まあ、それだけ好きでたまらないなら上手くいくと思うけど結果は聞かせてね？　日野田君が心配なのよ」

「はい」

「それにしても子持ちの王子様って斬新ね」

俺は先生のセンスに脱帽ですよ。子持ちの王子様か……確かになあ。

陽登は、聡を背負った拓実を想像して「はは」と小さく笑った。

自分の休日を一日削って阿井川家に出張しているわりに疲れないのは、日々の暮らしをいっそう規則正しくしているからだ。

六時半起床なので、夜は遅くとも十一時にはベッドに入る。

食事も栄養バランスのよいものを。たまに食べるジャンクフードはストレス発散の一環だ。体に悪い物は旨い。陽登は「罪悪感を楽しむってヤツだ」と言って、ポテトのビッグサイズとハンバーガー、そしてコーラを頼んだ。

仕事の合間にカップケーキやドーナツを作って聡に渡すことも忘れない。

チュロスをねだられて作ったときは、作りすぎた分を拓実が会社に持っていった。

若い人が多い部署なので喜ばれたそうだが、それだけでなく瞬く間になくなったそうだ。

「そろそろ、冷たいおやつでも作ってみようかな……」

まだ梅雨（つゆ）が明けていないのに、最近めっきり蒸し暑い。

昨日の出張先で作った缶詰くだものの寒天（かんてん）寄せは、子供に大好評だった。ゼリーよりも噛みやすく崩れやすいので、喉に詰まる心配もそこまでしなくていい。それに簡単で旨い。

誰も棒寒天（ぼうかんてん）を見たことがなかったので「これがおやつになります」と言ったら、みんな驚いていたのが楽しかった。

「普通にスーパーで売ってますよ。あと安いです」と教えたら喜ばれた。

「……さて、阿井川家で何を作ろうかな」

明日は水曜日。阿井川家に行く日だ。

あれから、拓実とは触れあっていない。

彼が機会をうかがっているのはなんとなく分かったが、陽登はさりげなく避け続けたのだ。

聡が懐いてくれているので聡と一緒にいた。それだけでいい。

阿井川家とは、料理以外の家事もするとオプション契約を交わしたせいか、週一で銀行口座に振り込まれる額がいい金額だった。

ハウスキーピングの相場を知らなかったので、拓実の言う金額に頷いたのだが、今は少しばかり罪悪感がある。

「……今度は何を作ろうかな」

聡が「肉じゃが」をお願いしてくるので、まずそれで一品。拓実にはコーンコロッケを作ろうか。夏野菜の煮浸しもいいな。

いつものようにスーパーに寄ってから阿井川家に行くので、スーパーの品揃えを見て献立を考えればいい。

テーブル脇においていたスマホが着信音を立てた。

まさかな……と思って画面を見たら「阿井川拓実」の文字。陽登は「んー……」と低く唸ってから電話に出る。

『俺です』

声で誰かは分かるが、まるで少し前の詐欺のような言い方に、陽登が笑いながら「誰ですか」と言った。

『拓実です。申し訳ないが、今から菓子を作ってもらえないだろうか？』

ちらりと壁掛け時計に目を向けると、午後三時半。できない時間じゃない。

「どういう事態ですか」

『職場でこの間のチュロスの話をしたら、皆が私も食べたいと暴動が起きそうになっている』

「真面目な話ですよね……？」

『そうだ。俺は大真面目だ。ところで今は出張先かい？』

「今日は午前中に一件だけで、午後から予定は入ってません」

『それはよかった！　本当によかった。チュロスを是非とも……。代金は支払うので……』

「はい。取りあえず、どれくらいの量を作ればいいですか？」

「ＲＩＶＥＲＮＥＴ」はウェブ配信メインの部署で、だとすると、営業や事務方はそんなに多くないはずだ。

陽登は昨今の配信系事情には詳しくないが、パソコンメインで働く会社ならおそらく少数精鋭ではないかと考えた。

『取りあえず五十名。他の部からも人が来ていて把握できん』

「…………了解しました。できたら電話します」

『いや、秘書に先に行かせる』

「伴佐波さんですか？　聡君のお迎えは？」

『そっちは秘書課の誰かが行ってくれる』

秘書課か。そうだよな。大きな会社だもんな。了解。

陽登は小さく笑い、「作れるだけ作ります。味は、シナモン味一択で」と言った。

拓実が感謝の言葉を述べている途中で「では」と言って電話を早々に切り、材料を確認する。

中力粉はないが、薄力粉と強力粉をブレンドすればいい。バターと砂糖は先日大人買いをしたので十分ある。シナモンもある。問題は卵だが、伴佐波が来てくれるなら途中で買い出しに行ってもらおう。

エプロンをして手洗いを済ませる。

薄力粉と強力粉をそれぞれ計り、強力粉を多めにして混ぜてふるいにかけておく。砂糖とシナモンを混ぜてシナモンシュガーを作っておく。

「よし、ここからだ」

陽登は大きな深底鍋に水とバターとシナモン、塩少々を入れて火にかける。一度沸騰させてから弱火にし、今度は混ぜておいた粉を入れてヘラで混ぜる。

「……チュロスの油の温度は、たしか百七十度」

まあ、揚げ物ならどれも似たような温度だろうと、隣の台にフライ用の鍋を置き、油を入れて火を付ける。生地を休ませている間に絞り袋と星形の絞り口を用意した。

揚げている途中で伴佐波が来たら手が離せないので、「どうぞ入ってください」と書いたメモを玄関ドアの外に貼った。

レシピ通りに作れば、菓子は大体上手くできる。失敗するのは経験不足か余計なことをしたか、ちゃんとレシピを見ないかだ。

出張先で、「どうしても手作り感を出したくて、自分なりのアレンジをしてしまったら失敗する」という人がいたが、「そのまま作ればいいんですよ」と言ってもダメだった。きっと彼女には「手作り感の呪い」がかかっているんだと思う。

旨ければそれでいいじゃないかと思うが、「手作り感の呪い」にかかっている人は多い。

「んー……百七十度になったかな。……確かこれくらいのはず」

油が熱せられた音を聞き、絞り袋に入れた生地を絞った。

あまり長くない方が食べやすいだろうから、十センチほどの長さのミニチュロスにする。

第一弾がきつね色に揚がったところで、玄関から「こんちにはー！」と声がかかった。

「お邪魔しますね、日野田さん。本当にすみません」

「構いませんよ。こうなったら特別手当を弾んでもらいますから。よかったらできたてを一つどうですか？」

すると伴佐波は「はうっ」と変な声を上げて、「いただきます」と言った。

味見も兼ねての試食だが、伴佐波の顔が輝いたので大丈夫そうだ。

「伴佐波さん、ちょっと手伝ってもらえますか？」

どうせなら助手もしてもらおう。

陽登のお願いに、伴佐波が「私でよければ」とスーツのジャケットを脱いだ。

二人がかりで作ったチュロスは、ペーパーナプキンを敷いた菓子箱に入れた。ちなみに菓子箱は全部で六つ。

田中家で「いっぱいもらったからお裾分け」と菓子をもらったときの箱を「何かに使えるかも」と取っておいてよかった。

アパートを出たのが六時。伴佐波の運転する車で「阿井川グループ」本社ビルの地下駐車場に着くと、彼が台車を用意してくれた。そこにチュロス入りの菓子箱をのせて、今度はエレベーターに乗る。

就業時間は過ぎているはずだが、社内にはまだ何人も人が残っていて、エレベーターに乗ってくるたびにみなクンクンと鼻を鳴らした。

中には「良い匂い〜」「お腹すいた」と笑いかけてくる女性もいたが、大抵は無言で菓子箱を見つめていた。

「ＲＩＶＥＲＮＥＴ事業部はこっちです」

社員カードでセキュリティをクリアする伴佐波に先導されて向かった先に、見覚えのある空間があった。

かつてこの場所でパーティー料理を披露した。

……縁がある場所だなと思いながら中に入ると、たちまち拍手で迎えられた。

「先生！　待ってたよ！」

社員の間から聡が飛び出て、陽登の腰にしがみつく。

拓実は抱きつきはしなかったが、両手を広げて陽登を迎え入れる。

「ありがとう！　陽登君！　大きな契約が成立したばかりで、みんなハイテンションになっているんだ」

「そ、そうですか……」

みなラフな恰好だが、それでも「家から職場に行ける恰好」で、陽登は自分がエプロン姿だと思い出して顔を赤らめた。

「こんな恰好で、その、申し訳ありません」

デリバリー業者だって、もっとマシな恰好をしている。

「そんなの気にしないよ。さて、できあがったチュロスをみんなでいただこうかな」

拓実がにっこり笑って、陽登の頭を優しく撫でた。

拓実が伴佐波と共にデスクに菓子箱を並べて順番に蓋を開けていくと、あちらこちらから「はわわ～」「良い香り～」と黄色い声が上がる。口に入れた者は「もっちもち！」「美味しい！」「まだ温かーい」と喜んだ。

その喜びはフロア全体に広がり、騒ぎを聞きつけた他部署の人間まで「なんだ、いいもの食ってんな！」「部長王子～、俺たちにも美味しい物ください～」とずかずかと入ってきた。

職場でも王子って言われているのか……。

陽登の耳に「プリンスありがたい～」「最高すぎる」と聞こえてくる。

彼を見つめる人々の多さよ。中には熱いまなざしの女性もいる。

それを見ているだけで、なぜか気持ちがどんどん落ちていった。だが、冷たくなった手を聡がきゅっと握りしめてくれた。

「先生、大丈夫？　拓実ちゃんを呼んでこようか？」

「大丈夫だよ。さあ、聡君もチュロスをもらっておいで」

陽登は、伴佐波がいるところを指さして聡の肩を軽く叩いた。

「うん！　もらってくる！」

聡が嬉しそうに伴佐波の元に走り出す。それと入れ替わるように拓実が陽登のところに戻ってきた。陽登は「俺、あんなにたくさんのチュロスを作ったのは初めてです。伴佐波さんが手伝ってくれたおかげです」と言った。

心地よい疲れと達成感で、遠慮がちに近くのデスクの椅子に腰掛けた。

「急なお願いにもかかわらず素晴らしいチュロスだ。君だけでなく助手の伴佐波にも特別手当を出そう。……陽登、本当にありがとう」

「そう言ってもらえると、俺も頑張った甲斐がありました。どうぞ、あなたも食べてきてください」

本当は自分が一番に食べたかっただろうに、部下たちの手前、我慢しちゃって可愛いな。

陽登は「なくなっちゃいますよ」と微笑んで拓実の背を押した。

「お疲れ様です」

すると今度は伴佐波がやってきた。手にはコーヒーの入った紙コップを持っている。

「インスタントで申し訳ありませんが、よかったらどうぞ。チュロス大反響ですね」

「ありがとうございます。いただきます。みんなが美味しそうに食べてくれてよかった……」

「はい。秋から部長がアメリカ支社に出向(しゅっこう)なのでみんなしょんぼりしてたんですが、今は笑顔でよかった」

秋からアメリカ……？

そんなこと何も聞いてない。出向ってことは、しばらく日本に帰ってこないってことだよな？　そんな大事なことをなんで俺は、拓実さん以外の人から聞いているんだ？

下腹に重い石をのせられたように息苦しく、気持ちがズン……と沈んでいくのが分かる。重力に身を任せてこのまま床に転がって眠りたくなった。

急激に眠くなっていくのを必死に堪えながら、「そうなんですか」と表面上は普通に答える。

慌てず騒がず冷静に聞き返せた俺はえらいと、自画自賛した。

「ええ。アメリカだけでなく、その後は中国、香港、台湾を回ります。新ドラマ制作のこともありますしね。帰国は来年、もしかしたらもっと長くなるかも……。今はスケジュール調整や打ち合わせで秘書課は大変なことになってます」

「凄いですね。精力的だ……」

「ええ。部長の頑張りはそりゃもう凄いですよ！　この部署はあの人に付いてここまで来た人間ばかりですからね。でも今は、部長が国内にいなくても頑張っていける部署になっていると思います。あの人を失望させたくないので。それに、ネット配信は楽しいですし、埋もれた映画やドラマを発掘するのも楽しいんですよ」

仕事をしているところを殆ど見たことがないので、素直に驚いた。そして、いい上司なんだなと思う。

「ＲＩＶＥＲＮＥＴがもっと発展するといいですね」

「ええ。ところで部長が自主的に部屋を綺麗にし始めたのは日野田さんのおかげです。そろそろ秘書課で『強制的に業者を入れてクリーニングするか』って話が出ていたので」

「俺がきっかけになれて嬉しいです」

遠くから伴佐波を呼ぶ声が聞こえて、彼は一礼して陽登から離れた。

………そうか、渡米か。しかも帰国が来年って？　俺と一緒に暮らせるわけないじゃないか……。なんで言ってくれないんだ。

あれこれ悩む必要なんてなかった。

拓実の方が陽登から離れていくのだ。

「よかったと思うのが普通なんだよな」

自分がシナモン臭いせいで、もらったコーヒーまでシナモンの味がする。

そういえばシナモンの作用ってなんだっけ？　元気になるとか前向きになるとか、そういうたぐいのものだったと思うんだけど……。

チュロスを作っていたときも換気扇(かんきせん)は回していたので、過剰摂取はしていないと思う。

陽登はコーヒーを飲み終え、紙コップを右手で潰(つぶ)しながら「ふー……」とため息をついた。

「ねえねえ、先生。今日はこのまま一緒におうちに帰ろう？　そして僕とゲームをしませんか？　拓実ちゃんに買ってもらったんだ！」

口元にシナモンシュガーを付けた聡が、子猫のように陽登の手にじゃれついてねだる。

「んー……どうかな。着替えも仕事用の服も持ってきてないんだ」

「だったら、先生のおうちに寄って、それから僕のおうちに行くのはどう？」

「わざわざ寄ってもらうのもなあ……」

「それくらいしないでどうする。喜んで寄らせてもらう」

いつの間にか背後にいた拓実の提案に、陽登は「あなたがいいと言うなら」と眉を下げて笑った。


泊まってしまったことはあったけれど、こうして前日から泊まり込みをするのは初めてだ。

仕事服と着替えの入ったトートバッグを右手に、途中のスーパーで買った食材を左手に持って、陽登はそう思った。

「こっちの袋の食材は全部冷蔵庫かな？」

先に部屋に入った拓実の声に「はい、お願いします」と返事をする。

聡はスーパーで買ったおまけ付きのスナック菓子を大事に両手で抱きしめていた。

「これ、お菓子は食べないで我慢するから、おもちゃを見てもいい？」

保護者の拓実でなく、料理担当の陽登に聞いてくるのが可愛い。

「そうだな。おもちゃだけならいいよ。お菓子はなくさないようにね。手を洗ってから遊びなさい」

「はーい！」

聡は目を輝かせて手洗いに向かう。後ろから見るとランドセルが走っているように見えた。

「いいお母さんだな、陽登君」

「俺を子持ちにしないでください。でも、聡君は可愛いし素直だから親になってもいいかな」

荷物を持ってキッチンに入ってきた陽登は、取りあえず言い返す。

「そうだなあ、だったら……ここに住んで疑似家族になるのはどう？」

笑顔で尋ねる拓実に苛ついた。

俺はあなたが海外に行くのを知っているんだ。一時の気まぐれで一緒に住もうとか言うなよ
……と言ったら、どんな顔をするんだろうか。

陽登はじっと拓実を見てから、「その件は保留です」と言った。

「恋人と言った方がよかったかな？　俺たちいいパートナーになれると思うんだけど」

「住む世界が違う人と一緒にはなれません」

「それって、俺が普通のサラリーマンなら付き合っていいってこと？」

ああ、こういうのも売り言葉に買い言葉と言うんだろうか……。

陽登は「たられればを言ってどうしますか。食事の支度をするからここから出てください」と言って、拓実をキッチンから追い出す。

「手伝うよ？」

「要りません。着替えて手を洗ってテレビでも見て待っててください」

「……陽登君、なんか冷たくない？」

「俺はいつも通りです」

「それならいいけどさ……」

まだ何か言いたそうな顔をしていた拓実だが、小さなため息をついて陽登から離れた。

ため息をつきたいのはこっちだ……。

付き合いたい、恋人になろうと思ってるなら、「連れて行く」ぐらい言えよ。もしここで俺がオッケーしたらどうするんだよ。つかの間の恋人ですかそうですか。

考えていたらどんどん腹が立ってきた。

「棒寒天を洗うか」

今夜のおかずはエビチリ。副菜は「豆腐で簡単茶碗蒸し」と「ザーサイと長ネギのさっと炒め」だ。デザートは牛乳寒天。冷やし固める牛乳寒天を一番先に作っておく。

無心で料理を作っていれば怒りは収まるはずだ。

陽登はキッチンシンクにボウルを置いて水を流し、棒寒天を入れてふやかす。

リビングから「やった！　カブトムシとクワガタだ！」と喜ぶ聡の声が聞こえた。おまけ付きの菓子は一つのはずだが、中におまけが二つ入っている物だったのか。どうりで値段が高かったはずだ。

「よかったね聡」

「うん！　次はカマキリがほしいなあ」

「じゃあ俺がまとめて買っておこうか？」

いやいや、大人買いして子供に与えちゃだめだ。子供にはルールと我慢を教えなくては。

そう突っ込みながら、柔らかくなった棒寒天を水で洗って、脇に置いた鍋にちぎりながら入れていく。

「それはだめだよ拓実ちゃん。すぐにおまけを開けちゃうより、一日一つって決めた方が、楽しいのがずっと続くよ？　それにお菓子食べてたら先生のご飯が食べられなくなっちゃう」

いい子だ。本当にいい子だ、聡君。

陽登は何度も深く頷いて、鍋に入れた寒天の水切りをした。

「そうだね。聡の言うとおりだ。お金を使えばいいってもんじゃない」

「うん。先生の料理が一番だよ。うちの家庭の味！」

拓実が「子供に教えられちゃったなあ」としんみり言う前で、聡が「楽しみだねご飯」と体を左右に揺らして喜びを表現している。

その温度差に思わず「はは」と笑ったら、拓実に「黙って聞いてるなんて酷いな」と突っ込みを入れられた。

「すみません、ふっ、ふは……っ」

変なツボに入ったようで笑ってしまう。

「そうやって笑った顔の方が可愛い」

ネクタイを緩めている姿は、どことなく性的なものを連想させる。しかも相手は見目麗しい王子様で、一度肌を合わせた相手だ。

陽登の心臓が瞬く間に高鳴り、体の中に熱がたまっていくのが分かる。

最悪だな俺。なんでこんなときに、ドキドキしちゃうんだよ。顔が熱い……。

「そんなことを言ってないで、拓実さんはさっさと着替えてきてください」

「あー……そういう言い方は可愛くないな」

「可愛いのは聡君なので、俺は可愛くなくても別に構いません！」

「確かに聡は可愛い。はいはい着替えてきます」

ひらひらと手を振って自分の部屋に戻った拓実にほっとする。

今は食事の用意だ。俺の体よ収まれ……と念じながら、改めて料理に集中した。

子供向けの甘口エビチリだったが、意外にも拓実が気に入った。

「この味付けは嫌いじゃない。チリはチリでもスイートチリだね。美味しいよ！　ビールとも合う！」

絶対に合うと思ったからタイビールもついでに買ったのだが、正解だった。

聡は缶詰のミカンで彩られた牛乳寒天が気に入って、「それ以上食べたらお腹を壊すよ」と言われるまで食べた。

それに彼は今日、拓実の部署で大人に囲まれながらチュロスを食べている。

「おいしかった……けど、僕もう……眠くなっちゃった……」

「聡、宿題は？」

「今日はないよ。ただ……お知らせをもらいました。なんだろう……」

「じゃあ、歯を磨いて寝ちゃおうか。お風呂は明日の朝に入ればいい。ね？」

拓実が席を立ってひょいと聡を抱きかかえた。

「んー………一人で寝たくないよ……お母さん……」

「俺が一緒に寝てあげるから、俺で我慢して」

「お母さんは……？」

「お仕事で遠くに行ってる」

「そっかー……」

聡は拓実の胸に顔を擦りつけて、「眠いよ、お母さん」と言って甘える。

ああそうだよな。まだまだ母親が恋しいよな。分かるよ。俺もそうだった。寂しくて寂しくて、泣きながら一人で寝たもんだ……。

こんな風に寝落ちする聡を見たのは初めてで切ないが、陽登は、自分に気を許してくれていることにもなるのだろうと思った。

「だめだ。こうなったら歯磨きもできない」

「いいから、一緒に寝てあげてください」

「分かった。陽登君は片付けが終わったら先に風呂に入ってて」

「はい」

家主が「どうぞ」と言ったのだから、ありがたく入らせていただく。

「聡、拓実ちゃんと一緒に寝ような？」

「んー……」

聡の背を優しく叩く拓実はどこから見ても「父親」で、王子様の面影は見えない。

陽登はコーヒーテーブルの上を片付けながら、彼らを微笑ましく思った。

洗い物を済ませてから手短に風呂を借りた陽登は、拓実のパジャマを一着拝借（はいしゃく）してキッチンに向かう。

薄暗い間接灯の中を歩いて冷蔵庫を開け、作り置きしていた麦茶をコップ一杯飲み干した。

「はー……気持ちいい」

汗が引いていくのが分かる。

今度は俺が聡君を引き受けよう。拓実さんには風呂に入ってもらわないと。

濡れた唇を手の甲で拭い、陽登は慎重に拓実の寝室に向かい、そっとドアを開けた。

拓実の腕を枕にして聡が眠っている。

彼らの関係を知らない人が見たら、本当の親子だと思うだろう。

「陽登君」

「風呂、先にいただきました。今度は俺が代わりますから、どうぞ入ってきてください」

聡を起こさないよう、内緒話のボリュームだ。

「ありがとう。では、お言葉に甘えて風呂に入ってくる」

「ちょっと待って」

陽登は拓実の向かい側に横になると、彼が右腕を引き抜くと同時に左腕を差し込んで、聡の枕となる。

「ぐっすり寝てる。可愛い」

「俺からしたら、二人ともとても可愛いよ。眠かったら寝ていても構わないからね」

拓実の指先が陽登の頬を優しくなぞった。

このまま寝てしまうつもりはなかったが、適当に頷いて目を閉じる。

子供に腕枕をして添い寝をするのは初めての体験だが、聡がくっついてきてくれたのが照れくさくて嬉しい。胸の奥がキュンと甘酸っぱい気持ちになったが、これは父性愛と言うものだ

ろうか。

「……可愛い」

そして子供の体温は高く、冷房が効いた寝室では湯たんぽ代わりにちょうどいい。

陽登は「気持ちいい体温だ」と、うとうとしていたが、拓実が戻ってくるより先に眠りに落ちた。


どれだけ眠っていたのか、陽登は聡が大きく寝返りを打った衝撃で目を覚ます。

体を起こし、ベッドサイドの目覚まし時計を覗（のぞ）き込むと午前四時を指していたので、あと二時間は寝ていられる。

「あー……」

薄暗い寝室の、大きなベッドの真ん中で聡が気持ちよさそうに眠っている。その向こうには、パジャマ姿の拓実が寝ていた。

二人揃って仰向けになって、腹だけタオルケットで覆って静かな寝息を立てている。

寝顔もよく似ていて、さすがは叔父（おじ）と甥（おい）だ。

「ふふ、二人とも可愛いな」

できれば写真を撮りたかったが、中途半端な時間に起こしたくない。陽登は健やかに眠っている二人を記憶するようにしばらく見つめ、再び寝転んだ。

ああ、これはもしかして「川の字」というヤツか？

古き良き日本の家族の姿らしい。

陽登は今初めて、それを体験している。

「マジか……。親子でもないのに、いいのかな」

親子は分からないけど、でも「家族」にならなれそうな気がする。

目を閉じてニヤニヤしながら、陽登はそんなことを思った。

たいした事件もなく、穏やかな日々が過ぎる。

食事用のダイニングテーブルは、「海外発注の家具ですので、お届けは早くとも一ヶ月後になります。申し訳ございません」とのことで、まだ到着していない。

買いに行った拓実は「いっそ現物をくれと言いそうになった」らしいが、気持ちは分かる。

デザインが気に入ったからすぐ欲しいのだ。

だが今思うと、新しいテーブルも椅子も拓実が使うことはないのだ。

陽登は、「泊まるときはここを使ってくれ」と、自分のためにあてがわれた部屋に入り、ふうと息をついた。

阿井川家に来るのは水曜なのに、つい前日から訪問してしまう。ばかだと思いながらも来てしまうのは、聡の笑顔を見たいだけでなく、拓実にも喜んでもらいたいからだ。

立派なベッドが置かれた部屋の片隅に、段ボールが積んである。中身は海外ドラマや映画のDVDで、拓実は部下たちと分けあって玉石混淆(ぎょくせきこんこう)の中から玉(ぎょく)を探し出していた。

「これは行けると思ったら、制作側と交渉する。オッケーが出たら翻訳して吹き替えだ。字幕もいいが、声優の吹き替えは結構人気が出るんだよ。ファンが口コミで広めてくれてありがたい」

拓実がこの段ボールを整理しているときに言っていた言葉を思い出す。

確かに拓実さんは海外で仕事をした方がいいだろう。向こうの方がドラマや映画が探しやすい。日本語字幕や吹き替えの時間を考えたら、現地で見て交渉するのがベストだ。小さい制作会社でも面白い作品はいっぱいあるんだから。

「……でも、海外出向の話が出たなら、決定前に俺にも言ってほしかったな」

仕事の話を俺にしても分からないと思うけど、心の中がもやもやして苛立った。

風呂に入ったのに、スッキリしない。

タンクトップにボクサーブリーフでベッドにダイブした。

パジャマは持ってきたけれど、着るのが面倒だからこのまま寝よう。

目を閉じた瞬間に、ドアをノックされる。

「もう寝ます」

「ということは、まだ起きてるね？」

自分ルールを発動させて拓実がドアを開けて入ってきた。

頭にバスタオルをのせてボクサーブリーフにスリッパという恰好で、「暑い暑い」とウチワ代わりに手で扇ぐ。

「当たり前のように入ってくるって、意味が分かんない」

「だって！　最初に君に触れてからどれだけ経ってると思ってる？　ねえ陽登君！　数えたことはないけど、多分、二週間以上は経ってるよね？」

そうだったか？　と思いつつ、陽登は体を起こしてベッドの上にあぐらを掻いた。

「いい加減俺と付き合ってください。住んでる世界や育ちは違うかもしれないけど、でも俺には、それらを克服できる地位と力がある。まあ、愛が一番大事だけどね。愛のパワーは強いよ！」

　そこで胸を張られても。

「それに、君は俺に触ってほしいでしょう？　よく我慢できたよね。俺に気持ちよくしてもらったことを思い出してオナニーしなかったの？」

「え？　いやいや。そういうのは逆に空しくないですか？　同じ感じ方はできないし……って、俺は何も言ってないから！」

　真面目に何を言ってんだ俺っ！　恥ずかしい！　これじゃ拓実さんのペースじゃないか！

　後悔先に立たず。

　拓実が実に嬉しそうな顔で、ベッドに上がってきた。

「この前よりもっと気持ちいいこと、しようか？」

「いや、それは、ちょっと……聡君が起きたら…………困るし」

「あの子は眠りが深いから大丈夫」

右足を掴まれて引きずられる。

「拓実さん……っ！」

「俺は君に触れたくてたまらなかったよ。だが子供の前だから我慢したけどね。それにしても、意中の相手にこんなに我慢したのは初めてだよ。だから」

「だから？」

「今夜は離さない」

膝にキスをされた。

それがスイッチになった。

瞬く間に肌が粟立ち、体の中心に熱が集まる。

「俺が何を思って……あなたから離れていたか知らないくせに」

明かりがついたままの部屋で、拓実を見上げた。

「知ってるよ。俺を好きになっちゃダメなんだって、ずっと耐えていたよね？」

「う……」

「俺の匂いを嗅ぎたくてたまらなかったんだろう？　陽登は俺の匂いが大好きだからね。俺も、陽登の匂いが好きだよ。風呂上がりでもちゃんと君の匂いがする」

拓実の顔が股間に寄せられて「陽登の濃い匂いがする。凄く良い匂いだ」と言った。

「あ、あ……っ」

それだけで勃起した。ボクサーブリーフが押し上げられて情けないテントを張っている。

「匂いを嗅がれて感じたんだ。本当に陽登は敏感で可愛い。陽登の敏感なところをもっとよく見せてくれ」

「あ、だめ。だめだよ、そんな……っ、拓実さん、だめだ……」

嫌がっているのは口だけだ。たいした抵抗もしない。拓実にすべてを脱がされたときも、低く喘ぎながら腰を浮かした。

「こんなに硬く勃起させて、もうとろとろに濡らしてるの？　陽登」

「あ……っ、拓実、さん……っ」

陽登は両手を伸ばして拓実の頭を抱いて項に顔を寄せる。

ボディーソープの匂いだけでない、拓実の匂いがした。良い匂い。大好きな匂いだ。

「我慢しないでほしがってくれればよかったのに。陽登は強情だね」

「や、あ、あ……っ、俺の好きな匂い……っ、拓実さんの匂い……好き……っ」

「可愛い。滅茶苦茶に酷いことをして可愛がりたい。ね、ここで、いっぱい気持ちよくなろうね？　陽登」

後孔に指を押し当てられると、体が勝手に緊張する。

陽登はそこを撫でられるよりも乳首を可愛がってもらいたかった。拓実の愛撫を思い出して、乳首がきゅっと硬くなる。

「ちょっと待ってね。今、ローションを垂らすから……」

そう言って拓実が体を起こして、ベッドの下に手を突っ込む。

「え？　下に収納？」

「うん。こういうこともあるだろうと思って、ローションや、いろいろ用意しておいた」

「な……っ！　聡君が見つけたらどうするつもりだったんですか！」

「人の部屋には勝手に入らないようにって言ってるから大丈夫」

にっこり笑って言わないでくれ！

陽登は顔を真っ赤にして「そういうことじゃない」と訴えるが、股間にローションを垂らされて快感に体を震わせる。

「少し冷たいけど、でも、陽登は気持ちいいよね？」

股間にたまったローションがゆっくりと流れ落ちていく。その感触に興奮した。

「足を広げて。俺に全部見えるようにね。いっぱい可愛がってあげるから」

「んっ」

言われるまま足を開くと、拓実の右手がぬめる会陰を擦る。何度も擦られるともどかしくて腰が浮いた。

「可愛いね。とろとろのペニスが震えてる」

「俺、早く……っ、出したい……っ」

「陽登はあれからオナニーしてなかったの？　ずっと我慢してた？」

「してない。だって、自分で弄っても……気持ちよくならない…………あっ、あっ、やだっ」

話の途中で悲鳴が出た。

後孔に拓実の指が一本挿入されたのだ。

「こうしてローションを垂らして丁寧にほぐしてあげれば、初めてでもいっぱい気持ちよくなれるよ」

「ひぐっ、ぅあ、あっ、あ……っ、指がいっぱい、中で……っ、ゃあっ、あっ、中っ」

ローションでねっとりと濡れた後孔が、拓実の指が動くたびにクチュクチュと恥ずかしい音を立てる。ローションで潤った肉壁(にくへき)を擦る指が、すぐに二本になった。

腹の中は苦しいはずなのに、拓実の指で弄られると腰が揺れてしまう。

「はっ、初めてなのに……っ、こんな、勝手に腰が動くなんてっ、恥ずかしい……っ」

「いいんだよ。気持ちよくて動いちゃうのが可愛い。俺が陽登を可愛がっている証拠なんだから。ね？　俺の指で感じて陽登。もっと、ほら、いっぱい弄ってあげるから」

わざと高い位置からローションが垂らされる。

陰茎を辿って陰毛や陰嚢を濡らし、会陰を伝ってようやく後孔にたどり着いた。

「よすぎて泣いてもいいからね？」

耳元で囁かれて背が仰(の)け反(ぞ)る。

次の瞬間、さっきとは比べものにならないほどの速さで、後孔を突き上げられた。

粘りけのある湿った音と共に、拓実の手のひらが股間を叩くようにして突き上げる。

「うあっ、あっ、あーっ、あああっ、やだっ！　中っ！　拓実さんっ！　中だめ！　そこっ！　だめだっ！　あっあっあーあーあーっ！」

両手でシーツを掴んで腰を浮かした恰好で、筋張った長い指に激しく犯される。途中で何度もローションを足されて、拓実の指がいっそうぬめって陽登の体の中を責め立てた。

「ほら、ここね。おしっこ漏らしそうな感じにならない？」

「なる……っ、そこ、擦らないで……」

「感じてる証拠だよ。ここをね、俺のペニスでトントンって強く叩いてあげる」

指よりも太く長い、硬い高ぶりを後孔に押しつけられる。

「そんな太いの……だめ」

「大丈夫。すぐ、気持ちよくなる。俺たちは相性がいいから、安心して」

拓実に腰を掴まれ、そのまま持ち上げられた。

「ようやくだ。陽登と一つになれる……」

「あ、あ……っ……熱い、熱くて硬いのが……俺の中に入ってくる……っ」

「うん。……はは、とろとろだよ、陽登の中。可愛いなあ。俺に絡みついて離してくれない」

そんな恥ずかしいことを言わないでほしい。

ただでさえ、後孔を指で散々弄られて惚けた顔を晒しているのに。

「ほら、最後まで入った。ここ、俺のペニスが入っているの。少し押してごらん」

言われるまま右手で下腹に触れると、拓実が腰を動かした。

手のひらに彼の動きを感じて、自分のものとは思えない甘ったるい声が勝手に出た。

「感じたね？　気持ちよかったろう？　中をいっぱい可愛がってあげるから、ここでイッてね。多分できると思うんだ。陽登のメスイキ、きっと可愛いよ」

拓実が嬉しそうに笑って動き出す。

足を左右に投げ出し、腰を持ち上げられて固定されたまま、凶悪な昂ぶりに嬲られる。

「ひっ、ぃあっ、あ、あっ、そんなっ、だめっ、そんなとこいじめないでっ、拓実さんっ、俺の中、体の中、よすぎてっ」

「うん。いいね。俺も……凄く気持ちいい。いっぱいトントンしてあげるから、メスイキ見せてよ。陽登ならできるから。ね？　トントンされて気持ちいいね」

「んんっ、あっ、トントンだめっ、そんな強くっ、おかしくなるっ！　気持ちいいっ、凄く気持ちいいからっ！　俺っ」

「熱くてとろとろで、それでいて、俺を搾り取ろうとして強く締め付けてくる。可愛いよ陽登。凄く可愛い。こんな快感は初めてだ」

拓実の低い喘ぎに興奮する。

　自分に興奮しているんだと分かって凄く嬉しかった。

「俺も、拓実さんのちんこ気持ちいいっ……初めてでもこんなに感じて平気ですか？　俺、変態じゃない？　淫乱だったらどうしよう……っ」

「どうせなら、拓実さんのおちんちん気持ちいいって言って。その方が興奮する。陽登に恥ずかしい言葉をいっぱい言わせたいんだ」

　背筋が快感でぞくぞくした。

「あ、あ……俺……っ、拓実さんの……おちんちんが、気持ち、いい、です……っ、俺の中、とろとろになって、気持ちよくて、頭、おかしくなる……っ」

　言っているだけなのに下腹が甘く痺れる。足がきゅっと伸びて、射精とも違う快感が這い上がってくる。

「あ、なんか、へんだ。俺……っね拓実さん、もっとトントンして！　いっぱいして！　いっぱい動いてっ、俺、あっ、だめ、中、熱いっ……っ！」

「いいよ、ほら。いっぱい愛してあげる」

　掴まれている腰が痛い。

　でもそれ以上の興奮と快感に涙が出た。子供のように泣きながら、拓実の刺激を受け入れる。

　頭の中は気持ちのいいことですっかり染まり、他には何も考えられない。さっきから勃起した陰茎から精子混じりの先走りが溢れて止まらない。

「陽登、陽登……ああ、凄いな君は……っ！」

「もっ、もうっ！　だめっ！　わかんないっ！　わかんないっ！　射精できないのにイくっ！　イくイくっ、あっ、あっ、ああっ、だめっ、ひゃ、ぅあああんっ、あああーあーあーあーっ！」

最後は口を開けるだけで声も出せなくなった。

がっちりと腰を押さえられたまま、とろとろの肉壁を陰茎で激しく愛撫されて絶頂した。

陽登の体は蕩ける甘い肉壺（にくつぼ）となって拓実をキュウキュウと締め付け、彼もまだ陽登の中にしたたか精を放った。

「や、も……俺……こわいっ、なんで、こんな……っ」

「初めてなのにちゃんとメスイキできてえらいよ、陽登。こうして君の中に入ったままでいると、俺たちは昔は一つだったんじゃないかと思ってしまう」

拓実の腕に抱き寄せられて、陽登は「あ」と軽く達した。

「俺、すぐイッちゃう……恥ずかしい……」

「恥ずかしくないよ。俺に気持ちよくされることに慣れればいいんだ。ね？　今度は乳首を弄っていい？」

言いながら、胸ごと手のひらで擦られて、陽登は「あああっ！」と叫んで達する。

中に入ったままの拓実を何度も締め上げていたら、彼が復活するのが分かった。

「拓実さん、俺のおっぱい弄って。いっぱい吸って、噛んで、舐めて。お、俺の中をおちんちんで可愛がりながら、恥ずかしいこと、いっぱい……して。俺……っ」

「可愛いよ陽登。俺から離れないでくれ。好きだよ。君が好きだ。愛してる」

「俺、拓実さんを好きになっていいのか？　俺なんかで、いいの？」

「そんなこと言わないで。俺は、陽登でなくちゃいやだ」

拓実の顔が近づいてきて、陽登は目を閉じる。

柔らかな唇と優しいキスに包まれて幸福と快感に満たされていく。

「好き……っ、俺、拓実さんが……好きだ……っ」

あなたの匂いも体も何もかも、存在自体が愛しくて、乞われるすべてに応(こた)えたい。

誰かのことをこんなに好きになってもいいのかと不安になって、しがみついて拓実の背に爪を立てた。

「一緒に住もう。引っ越しはいつにする？」

ぼさぼさの寝癖頭で、輝く笑顔。小首を傾げて尋ねる拓実に、陽登は塩対応だった。

「え？　一緒に住みませんよ、俺」

「せっかく恋人同士になったのに、一緒に住んでくれないのは理解しかねます」

翌朝、拓実がカウンターのスツールに腰かけ、朝食の用意をする陽登に文句を言った。

「その前に、おはようが先です。おはよう拓実さん」

「おはよう陽登。愛し合った次の日の朝に、一人で目覚めるのは寂しいよ」

「朝食の支度があるからです」

陽登は当たり前のように言うが、拓実は頬を膨らませて「恋人同士のいちゃいちゃが……ないなんて」と大げさにため息をつく。

「それに、体が辛いんじゃないか？　ごめんね、無理をさせてしまった。だから今日はゆっくりしてほしい」

「仕事で来てるのに？　確かに、そりゃあ……股関節と腰は痛いしガクガクしてますが、俺が望んだものでもあるから……大丈夫、です。仕事は仕事としてちゃんとさせてほしい」

目の前で拓実が頭を垂れる。

「拓実さん？」

「俺が悪かった。プロの仕事をしてくれ。そして、休憩時間にいっぱい休んでくれ」

「俺、あなたのそういうところが好きです。ありがとうございます、休憩時間はゆっくりさせてもらいますね」

こういうところは素直なのに、自分が海外へ行くことは何も言わないんだな。もしかして本気で忘れているとか？　それはないだろう、若くても一事業部のトップだ。

陽登は「むっ」と唇を尖らせて、味噌汁を作る。

わざわざ鰹節や昆布で出汁は取らず、市販の顆粒出汁を使う。その家庭だけに毎日出張するなら丁寧に出汁を取ってアイストレーに流し込み冷凍して、その都度出して使うが、さすがに同じ家庭に延々と出張はない。その知恵は、「出汁はどうすればいい？」と聞いてくれた人にだけ教える。

乾燥わかめを水で戻し、親の敵のごとく勢いよく水切りする。木綿豆腐はキッチンペーパーに包んで放置。水が沸騰したところで出汁を入れ、続けて刻んだわかめを入れる。火を止めて味噌を溶き、余分な水気を取り、さいの目に切った豆腐を入れてできあがり。

「相変わらずの手際だな。薬味は長ネギじゃなくミョウガにしてくれないか？」

「いいですね。ミョウガは漬け物か天ぷらにしようと思って買ってありますから」

「卵はだし巻きじゃなく、普通の卵焼きをリクエストします。少し甘めのね」

「はい」

「では俺は、聡を起こして一緒にシャワーを浴びてくるよ」

「はい。行ってらっしゃい」

ふんふんと鼻歌を歌いながらカウンターから去って行く拓実の背中に、ため息をついた。

リクエストの卵焼きは簡単だ。箸休めの漬け物もある。だがあと一つ足りないな……と思って、陽登は冷蔵庫の中を探索してちくわとかまぼこを発見した。ちくわの穴にキュウリを入れて、かまぼこにはわさびを添えよう。

「うん、いいな。旅館の朝食みたいだ。それなら、もっと朝食らしく……」

食器棚からプラスチックのトレーを引っ張り出して綺麗に洗ってから作業台に並べ、一人用の膳(ぜん)に見立てた。


「おはようございます！　先生！　うわあ！　ご飯が凄い！　凄いねえ！　拓実ちゃん！」

「これはまた……いい感じだ。旅館のようだね」

二人とも下着姿でリビングに現れた。聡はこの後制服に着替えるので、シャツを汚したら大変だから仕方がない。だが拓実まで同じ恰好で現れなくてもいいのに。いい年をした大人がなにをしているのかとちょっと呆れる。

「はい。せっかくだから旅館っぽく」

「僕、こういうの好き！」

聡は両手を合わせ、「素敵ー」と体を左右に動かした。

「変な踊りを踊るほど嬉しいのか、聡」

拓実が口元に手を当てて「ぷくく」と笑う。

「お茶淹れますね」

子供受けがいい玄米茶を少しだけ煎ってからお湯を注ぐ。すると聡がすぐに「ごはんの美味しい匂いがする〜」と言った。

二人の湯飲みに玄米茶を注いで持っていくと、二人ともソファに座って膝の上にトレーをのせて食事をしている。コーヒーテーブルだから、こうやって食べる方が楽なのは分かる。あたりまえの光景だが、「ダイニングテーブル……早く欲しいですね」とつい声を漏らした。

「在庫のあるテーブルに決めればよかったかな。でも俺は、気に入ったテーブルと椅子で食事をしたいんだよ」

「その気持ちは分かります。俺もそうやって家具を揃えましたから」

うんうんとませた顔で頷いていた聡が「ベランダでキャンプごっこすればいいんじゃな

い？」と提案する。

「そうか。ベランダにアウトドア用のテーブルと椅子があるんだが……あー……ベランダの掃除をしてからだな」

「そうだね」

「聡は一人でベランダに出ちゃダメだぞ？　危ないからね」

「うん」

素直に頷く様が可愛い。

陽登が「おかわりは？」と聞くと、二人揃って茶碗を出した。

今朝は拓実が聡を連れて出勤した。

聡が帰ってくるまでに来週まで食べられる総菜を作り、容器に詰めておく。

「レンコンのきんぴら、豚の角煮、ミートソース味の肉団子、鶏ももチャーシューも作っておくか。副菜は半分冷凍しておけば来週まで食べられる。なすはいっぱいあるから、肉詰めと甘辛味噌炒めにしておこう。タマネギのキッシュ。ズッキーニは焼くか。あれは旨い。あとはコールスローと、聡君の好きな甘酸っぱいピクルス」

餅料理は作り置きできないから、残っている餅を揚げて塩を振り、スナックにしておこう。

冷蔵庫にはビールを冷やしておけば、拓実は喜んでくれるはずだ。

シェフジャケットに着替えて帽子をかぶり、丁寧に手を洗う。

自慢の包丁を作業台に並べ、タイマーをまずは一時間でセットする。

「よし。美味しく食べてもらえますように」

今度、圧力鍋があるとても便利だと言ってみよう。あれがあるだけで作れる料理の幅が広がる。

そんなことを思いながら、陽登は煮込みに時間のかかる豚の角煮から手を付けた。


聡が「ただいま」と言って帰宅したが声に張りはなく、いつも真っ先に来るはずのキッチンに顔も出さずに自分の部屋に行ってしまった。

「……何かあったたな、あれは」

まずは元気づけだ。

しょんぼりしている子供のためなら、アイシングクッキーだって作ってしまうのだ。

着替えを済ませた聡は子供らしからぬため息をつき、「今日のおやつはなに?」と陽登の元へやってくる。

「ごめんね、これからなんだ。二人で作ろうと思って」

陽登はカウンターのスツールを作業台の横に置いて、そこに聡を座らせた。

一番簡単な配合でクッキーを作り、二人で型を抜いてオーブンに入れる。

粉砂糖と卵白を混ぜて堅めにアイシングを作り、食紅と竹炭で色を付け、クッキーが冷めてからアイシングを塗って頬の赤い笑顔のマークを作った。

陽登の指先を聡は息を凝らして見つめた。

「凄くない……？　先生は魔術師？　なんでこんなことができるの？」

聡は目をまん丸にして驚き、おそるおそる一つ手に取って囓った。そして「甘ーい」と笑う。

「もう少し経つと、アイシングが固まっていい感じになるんだ」

「そうなんだ……僕にもなにか得意なものがあれば、クラスの子と話せるかな」

「クラスの子と話せないの？」

陽登は紅茶を出しながら聞いてやる。

「声をかける前に、手が震えちゃうんだ。今日なんか『うちに帰ったら一緒に遊ぶ？』と言ってくれたのに、僕はモジモジしたままで何も言えなかったんだ。そしたら『じゃあまたね』って言われて終わっちゃった。……僕ってだめだなあ」

「そんなことない。聡君は慎重なんだよ。仲間はずれにされているわけじゃないんだろう？」

「うん。みんなと一緒にお昼ご飯食べるし、休み時間は遊んでるよ。仲間に入れてくれる子がいるんだ」

リーダー格の子がいい子でよかった。

陽登は内心ほっと胸を撫で下ろしながら、「仲良しグループに入ってる？」と聞いた。

「んー……とね、いつも僕を誘ってくれる子と、かけっこのときにいつも僕の手を握ってくれる子」

ああなんと微笑ましい。仲良しグループがあるならどうにかなる。

「じゃあ、その子たちに話しかけていけばいいんじゃないかな。その子たちは聡君がモジモジしちゃうのも知ってるんだよね？」

すると聡はクッキーを囓って頷いた。

陽登もクッキーを一口囓る。少し甘めだが、ストレートティーによく合う。

「………僕、頑張るよ。いつか友達をうちに連れてきたら、美味しい物をいっぱい作ってくれる？」

この手の「いつか」の約束はしたくないのだが、聡のためならと、陽登は「分かった」と頷いて右手の小指を差し出して指切りをした。

「ありがとう。僕がここにいられるように、拓実ちゃんと話をしなくちゃならないんだ」

「ん？　どうして？」

「……夏休みが終わった頃に、アメリカに行くよって言われた。向こうの新学期に合わせるんだって。でも僕は行きたくないんだ。日本でなかなか友達を作れないのに、アメリカに行って友達を作れるはずないよ」

聡ががっくりと肩を落とすのも分かる。

そして陽登も、アメリカ行きに関して拓実が何も言ってくれないので、便乗して落ち込んだ。

「……じゃあ、聡君は拓実さんと戦うんだね」

「うん。拓実ちゃんが僕のことを考えてくれてるのは分かるよ？　でも、僕の気持ちはちゃんと聞いてほしい。もし、拓実ちゃんと離れて暮らすようになっても……寂しいけど、凄く寂しくて泣くかもしれないけど、先生がいれば頑張れると思う」

でもな、聡君。俺は拓実さんから何も聞いていないんだよ。それに、俺から「アメリカに行くんだって？」なんて軽く聞けない。「そうだよ」で終わったら、俺はしばらく立ち直れない気がする。気がするじゃなく、立ち直れないだろ。何もかもを晒して気持ちを言えたのに。

考えれば考えるほどどこまでも落ち込んでいきそうになった。

でも今、聡の前で弱音は吐けない。

「そっか。聡君は俺が傍にいれば頑張れるのか」

「当然だよ！　だって僕、先生が大好きだから！」

聡の笑顔に癒やされる。

「俺もいろいろ考えようと思う」

「拓実ちゃんが好きでも僕と一緒にいてほしいな。僕は先生と一緒にいたい」

「そうだな。……俺は何も言われていないからどうしようか迷っていたんだ」

すると聡が「拓実ちゃんめ！」と頬を膨らませる。

「拓実ちゃんはね、先生が一緒にアメリカに行くのは当然だと思ってる。だから言わないんだ。先生もお仕事があるのにね！　そういうのが、拓実ちゃんの悪いところだと思う！」

拓実をよく知っているからこそのセリフだろう。

聡は「まったくもー」とここにはいない拓実に怒り続ける。

「……そうだったら嬉しいけど、でもなあ、俺は日本での仕事を辞められないからな」

「先生の仕事は大事だよ！　僕凄く分かる。美味しいご飯は大事なの！　でも、拓実ちゃんのことも分かる。先生に傍にいてほしいの。……難しいね」

陽登は聡の頭を撫でて、「一緒に難しいことを考えよう、聡君」と言った。

もし拓実について行くことになったら、日本での仕事を畳まなければならない。大事な顧客への説明もある。ゼロから築き上げた物をすべて放って、自分は拓実について行けるのか。

拓実さんが何も言わないから、俺はこんなに困っているんだ。ちゃんとアメリカ行きの話をしてくれ。話し合おう。自分で何もかも決めないでくれ。

……そう、本人に言えたらいいのに。

陽登は拓実を失うのが怖くて何も言えないままだ。


アパートに帰宅してキッチンシンクで手を洗っていたら、拓実から電話が来た。

そのまま、キッチンの椅子に腰かけて話を聞く。

『なんで帰っちゃうかなー。俺を待っててくれてもよくない？　いろいろ話し合いたいことがあるのに！』

「一つお願いが……」

『何？　なんでも聞いてあげるよ？』

「圧力鍋があると便利だなと思って……」

電話の向こうの声が、「なんだ」と急にトーンダウンした。

「他に話すことは、今はないですよ拓実さん」

『お帰りなさいのキスをしてほしかった』

「聡君にしてもらってください」

『それはもうしてもらいました』

ふふっと小さな笑いが唇から零れた。すると拓実も「可愛かった」と自慢する。

「とにかく、来週はいつも通り水曜日に伺いますから、それまで大人しく待ってて」

『それよりも、今週の土曜日の夜に俺がそっちに行ってもいい？　大事な話があるんだよ』

「週末なのに聡君を家に一人残して出かけるなんて、そんな酷いこと俺の好きな拓実さんはしません」

　すると低い呻き声が聞こえた。

『俺は、君の好きな拓実さんでありたい……』

「はい。では来週………」

　会いましょうと言う前に、爆発音がしてアパートが揺れた。

　陽登は床に倒れて、棚から降ってくる食器たちから頭を庇（かば）う。

『陽登！』

　拓実の大声が、遠くに放り出されたスマホから聞こえるのがおかしくて、少し笑った。

　再びの爆発音。今度の音で耳がよく聞こえないし、部屋の中は思ったより酷い有様だ。

「なんか……アパートのどこかで爆発……？」

　立ち上がろうとしたが、膝が震えて上手く立てない。

　今からそっちに行くという拓実の焦った声が聞こえた。

「ガス爆発か……？　一番端の部屋か、向かいのアパートか……」

　とにかく部屋の荷物があちらこちらに飛び出して、文字通り足の踏み場がない。陽登は皿やグラスの破片を踏まないよう慎重に歩いて玄関でスニーカーに履き替える。

「ふう」と一息ついたのもつかの間、なにやら焦げているような匂いに気づいた。

「マジかよ……！」

爆発のあとときたら大概は火事だ。

さっきまでテーブルの上にあった仕事用のトートバッグは向かいの部屋に飛んでいた。目の前に落ちているノートパソコンを拾って、トートバッグの中に入れる。食器棚から貴重品の入った巾着を掴んでそれもトートバッグに入れた。

シェフジャケットと包丁もこの中なので、どうにかなる。

「いや、違う」

窓が割れて炎が入って来た。

どうやら爆発は隣のアパートらしい。

黒い煙も熱風と共に部屋に充満し始める。

ここはアパートの二階だ。今逃げなければ大変なことになる。

でも、向こうの部屋には、養父である敬吾が残したレシピノートがあった。

「だめだ。燃えるな。燃やしちゃだめだ……っ！」

衝撃で開いていた玄関ドアから大家が「日野田さん！」と叫んだ。

「大家さん、すみません。これを持って下に逃げて。ここは危険だ。俺一人ならどうにでもできるから、だから……っ！」

陽登は持っていたトートバッグを彼女に渡し、水道の蛇口をひねる。

「なにやってるの！　逃げるわよ！　家具なら保険でどうにでもなるでしょう？」

水が出たことに安堵して、蛇口の下に頭を置いた。全身びしょ濡れの姿で口元に濡れタオルを巻く。

「早く逃げて！」

そう言って、陽登は煙と炎が渦巻く部屋へ向かった。

大家の泣き声が聞こえた。それが遠ざかっている。よかった。大家さんはぎっくり腰を患っているから、早く逃げないと大変なんだ。

俺は大丈夫。いざとなったら、飛び降りればいい。二階建てのアパートだ。最悪、足を折るくらいで済む。

どこかの部屋で「ボン」と破裂音が聞こえた。

息が苦しい。でも、敬吾のレシピノートが入った棚まであと少しだ。目の前にあるのに熱くて息が苦しくて、目眩がする。

頑張れ俺……と心の中で鼓舞しながら進む。ビニールかプラスチックの焼けるいやな臭いがした。煙が目に染みて辛い。体中どこも熱い。被った水が蒸発して湯気になったような感覚の中、ようやくノートの束に手が伸びた。

じりじりとタンパク質の焼ける臭いがしたが、気にしていられない。これは大事なノートだ。敬吾さんの形見だ。俺に遺された大事なノートだ。

ノートを抱きしめていたら涙が溢れてきた。足から力が抜けていく。このままじゃだめだ。頭がぼんやりしてきたけど、ここから逃げないと。どうやって？　息が苦しい。目の前がぐるぐる回って見える。どこに歩いたら出口だ？

陽登の背中に冷や汗が流れる。

そのとき。

「陽登っ！」

はっきりとした声が聞こえた。

拓実の声だ。

陽登は声のした方を向き、歩き出す。スニーカーのゴム部分が溶けて糸を引いた。

「陽登、こっちに来いっ！」

拓実さん。

拓実さんが来てくれたよ、敬吾さん。俺、あの人の声を辿って行けば……きっと……。

「陽登！」

屋根が端から崩れていく。

「そこから飛べっ！」

一階に下りる階段は、もうひしゃげて使えない。共同廊下にも火の手が上がる。

人々の叫び声と消防車のサイレンが混ざり合う。

今は夜なのに、炎で明るい。

喉が苦しくてもタオルは外せない。無事に逃げられたらそのときに外す。膝を突きそうになったが、踏鞴（たたら）を踏んでどうにか耐えた。

「陽登、飛べ！」

拓実の声が聞こえる。下には白いシートのような物が見えた。アレを目指して飛べばいいのか。拓実が言う通りにすれば助かるのだろう。

陽登はためらいなく飛び降りた。

目を覚ましたのは三日後だった。

病室で目覚めて、最初に見たのが拓実の顔だ。

「三日も眠っていたんだ。目が覚めて本当によかった！」

ああ、こんな綺麗な顔を最初に見られてよかったな……。

「陽登……俺の大事な陽登……お前はなんて無茶をしたんだ……っ」

拓実が目に涙を浮かべて、何度も頬を撫でてくれた。

「レシピノートは？　拓実さん、俺の……敬吾さんが遺してくれたレシピノート」

「無事だよ。しっかり抱きしめていたから、端が焦げたぐらいだ。大家さんからトートバッグも預かっているよ」

拓実がベッドサイドの棚を指さして、陽登愛用のトートバッグとノートの山を見せてくれた。

「よかった……」

途端に両手に痛みが走る。

見ると包帯でぐるぐるぐる巻きにされていた。

「これは……？」

「ノートを庇って火傷をしたんだ。両方の手の甲と指をね。だが治療をすれば治る。リハビリをすれば以前のように使えると先生が教えてくれた」

じゃあしばらく使い物にならないってことか。料理を作っていた俺の手が……。

こんな状態では拓実の傍にはいられない。

「ありがとう、ございます。これからは、俺一人で頑張りますので、拓実さんは、仕事に戻ってください」

「何を言っているんだ」

「料理が作れませんから。お世話になってる弁護士さんに連絡をしてこれからの住まいを探してもらいます。どれだけ保証されるか分からないですし。リハビリも大変だから、病院に近いアパートを借りると思います。仕事も、しばらくお休みです」

それしか言えない。

今は頭の中が混乱して、これから先、どうしたらいいのか分からない。

「ここから出て行ってください。俺は、一人になりたい……っ」

「嫌だ。俺は君のパートナーだ。リハビリをすれば両手は以前のように使えるんだよ？　何を悲観的になる。命があって本当によかった」

「だって……だって拓実さんは……っ！　アメリカに行くじゃないか！　帰国は来年だって！　いつになるか分からないって！　だからここで別れた方がいいんだっ！」

「待って」

拓実が深く長い息を吐く。

「誰から聞いた？」

「……チュロスを持っていったときに秘書の伴佐波さんが。あと、聡君にも聞いた」

拓実が「その二人なら仕方がないか……」と小さく頷く。

「確かに俺はアメリカに行くよ。ＲＩＶＥＲＮＥＴの件で、視察する場所もたくさんある。時間はいくらあっても足りない。帰国だっていつになるか分からない。でもね」

「なんだよ……っ」

涙が出た。手も痛いし心も痛いし、踏んだり蹴ったりだ。

「俺は、君に一緒に行ってほしい。タイミングを見て話そうと思っていたんだ。恋人になった、さあアメリカだー……じゃ、陽登が戸惑うだろ？　仕事のこともあるし」

「そんな……」

「聡も連れて行きたいんだ。三人でアメリカに行って暮らそう。まるでプロポーズだが、そうとってもらってもかまわないよ」

拓実が両手で陽登の頬を包み、額にちゅっとキスをした。

「でも、俺、手が……」

「手がなんだ。俺が好きなのは日野田陽登だ。料理を作れなくなっても、俺は日野田陽登を愛している。君の料理も愛しているが、君の存在をより深く愛している。だから別れるとか一人でどうにかするなんて悲しいことを言わないでくれ」

「ううう……っ」

「泣かないで、俺の陽登」

「うっ、あ、あっうわあああん……っ！」

嬉しくて泣くなんて、敬吾さんに引き取られたとき以来だよ。拓実さん。

子供のように大きな声を出して泣く。

きっと生まれたばかりの赤ん坊もこんな声で泣いていたのだ。

自分の存在を愛してくれる人がいるって、なんて幸せなことなんだろう。

「本当に……俺だって泣きたかったよ。君の背に炎を見たとき、俺がどれだけ絶望したか」

「ごめんなさいごめんなさい……っ！　でも俺……っ」

「うん。分かってる。大事なレシピノートだ。だからね、陽登。君も早く両手を治して、俺と聡に料理を作って」

「うん。絶対に……俺……頑張るから……っ」

陽登は拓実にしがみつく。

大好きな匂いを嗅ぐ。安心できる。きっと大丈夫だ。


隣のアパートの火災でとばっちりを受けた。

保証してもらえると知って安堵した。

大家が見舞いに来てくれて「よかったらうちの管理する新しいアパートに入居して」と言ってくれた。

世話になっている弁護士には「生きていてよかったですが、危ないことはしないでくださいね」と叱られた。

そして陽登は無事退院し、拓実の家に居候をし、そこからリハビリをするためにしばらく通院することとなった。

出張シェフの仕事は、「こういう事態なので」とウェブページに「再開は未定」とアップして、顧客には陽登自ら電話をかけて謝罪した。

ニュースで事故を知っていた顧客も多く、殆どは「治ったらまたよろしくね」と言ってくれたが、中には「せっかく予約を取ったと思ったら」との苦情もあった。

田中リサは「今は大事にして。そしてシェフ再開したら、一番に私のところで料理を作って。予約したわよ？　日野田君」と陽登を励ましてくれた。

仕事どころか日常生活にまで支障を来して、「俺はこんなこともできなくなったのか」と最初はどうしようもなく落ち込んだが、医師たちは「頑張ろう」「若いと治りが早いわ」と言ってくれた。

それでも、指を曲げたり伸ばしたりするリハビリは痛みとの戦い。

誰にぶつけていいか分からない痛みへの怒りを、何度空に向かって発散したことか。

リハビリで通っていた病院の屋上で「いってー！」と大声を出すたびに、「まただよ」と笑われ、または「みんな痛いのよ！」と怒られた。

それでも、誰からもやめろと言われなかったのが幸いだ。当時を振り返ると、関係者の優しさに申し訳なくてたまらなくなった。

聡と拓実が毎日丁寧にマッサージをしてくれたおかげもあって、一ヶ月ほどでだいぶ曲がるようになった。

何もできない自分をふがいなく思うことがあったが、そんなときは、拓実が「俺の愛する陽登君は、こんなことではへこたれません。なぜなら、陽登君を愛してやまない拓実君がいるからです」と真顔で言って抱きしめてくれた。

恥ずかしかったけど、王子様ならこれくらいは当然だと思うことにした。

聡に至っては「僕も料理を覚える」と言って、陽登を教師にして火を使わずにできる物を作り始めた。健気な子だと思う。

今日も、陽登がようやく力を入れて包丁を持てるようになったので、聡と二人で夕食を作る。

聡は陽登が思っていたより器用な子で、ジャガイモやタマネギの皮むきも一度教えただけでとても上手い。本人は早く包丁を持ちたいそうだが、今はまだキッズ用ピーラーで我慢してもらう。

包丁を使って肉を切っている様子をじっと観察されている。

「火傷の痕（あと）、気持ち悪いだろう？　ごめんな聡君」

「そんなことないよ！　僕、陽登ちゃん好きだから！」

名前で呼んでもらえたのが嬉しくて「これからは聡って呼んでいい？」と聞いたら、真っ赤な顔で頷いてくれた。

「それでね、陽登ちゃん。アメリカ行きの話なんだけど……」

聡が真顔で陽登に囁く。

「僕は今度、拓実ちゃんに言おうと思います。いろいろ難しい手続きがあるみたいだから、その前にしないとだめなんだ」

「そうだな。俺も、拓実さんにちゃんと話さなきゃ」

「うん。僕の未来もかかっているんだから頑張って！」

アメリカの小学校に通いたくない聡は、自分が剥いた野菜の皮を一纏め（ひとまとめ）にしながら何度も頷いた。


拓実が「ただいま！　いい匂いがする。カレーだね」とウキウキしながらリビングにやってきた。

「しかも今日は、聡が野菜の皮を全部剥いてくれたんですよ」

陽登に報告された聡は「たいしたことじゃないよっ」と照れくささと誇らしさを隠せずに、両手を動かしてそっぽを向く。

「そうか、聡はえらいえらい。着替えてくるから待ってて。俺は大盛りね？」

「はーい。陽登ちゃんは、まだ重い物は持てないよね？　だから僕が盛り付けます。大丈夫だから安心して」

気が利くいい子だ。

子供はどんどん成長していくんだなあ……と、本当の親のようなことを思って、陽登は感動した。

「僕、もっともっと、陽登ちゃんの役に立てるように頑張りたい」

「それだと、いずれは俺の仕事がなくなっちゃうな」

そう言って笑ったら、聡に「陽登ちゃんはここにいてくれるだけで僕は嬉しいから！」と真剣な顔で言われた。

それが聞こえたのか、拓実が「いつから聡が恋敵になったのかなー。俺は負けちゃうよ」と笑いながら、リビングに戻って来た。

サラダも水の入ったグラスも、カトラリーも、みんなで仲良く用意する。

以前の陽登なら、あと何品かテーブルに並んだはずだが、今はまだ難しい。

「もっと手が動くようになったら、ここに揚げ物と箸休めとデザートが並びますからね」

「カレーにコロッケのトッピングか！　それは素晴らしいね。楽しみにしている」

「僕はエビフライが食べたいなあ」

二人とも笑顔でリクエストしてくれるのが嬉しい。

陽登は「期待して待っててください」と言って、聡と二人で作ったカレーを食べた。

「陽登ちゃん！　ほら、頭を洗いますよー！」

歯磨きを終えると聡の号令でバスルームに向かう。

まだ包帯を外せなかった頃に始まった習慣が今でも続いている。

「聡、俺はもう自分で頭を洗えるから……今日で終わりにしよう」

「だめ！　僕が陽登ちゃんの頭を洗う係で、拓実ちゃんが体を洗う係なの！」

「人の頭を洗うより、自分の頭を先に洗えるようにならないとな、聡。ははは」

子供の無邪気なセリフに、大人二人が笑った。

「じゃあ、拓実ちゃんが俺の頭を洗って！　早くっ！　僕は陽登ちゃんの頭を洗うから！」

面白い絵面しか思い浮かばないが、これが、毎日のバスルームでのルーティンだ。

自分の髪も体も拓実に洗わせた聡は、満足そうな顔で陽登の頭をシャコシャコと洗う。この家のバスルームが広いからこそできる「三人でお風呂」だが、子供はともかく大人はいろいろな面で辛い。

高級マンションの最上階はバスコートがあって、湯船に浸かりながらガラス越しに夜景も見られる仕組みになっている。外からバスルームの中は見えないと分かっていても、陽登は未だに慣れない。

「そうだ！　拓実ちゃんの頭も僕が洗ってあげようか？」

すっかり綺麗になって先に一人で湯船に浸かった聡が笑顔で提案するが、それは「自分で洗った方が早いからいいよ」と拓実に却下された。

「そっかー……。じゃあ僕は、十数えたらお風呂を出ます」

「じゃあ俺は、聡が五まで数えたところで一緒に風呂に入ります」

拓実が濡れた髪を右手で掻き上げながら笑った。陽登はその仕草に密かにときめいたが、子供がいる手前何もせずに生温かな笑みを浮かべる。

「湯船が広いとなんでもできるよな」

「そうだよ！　いーち、にー、さーん……」

聡が数を数え始めたところに、「俺が入るぞー」と拓実が湯船に浸かった。

聡は、勢いよく溢れるお湯に「海みたいだ」と喜ぶ。

「はい、聡はここから二十まで数えようか！」

「無理！　暑いから出るよー！　拓実ちゃんは、陽登ちゃんの体をしっかり洗ってあげてね！」

聡は言いたいことだけ言って「あつーい！」と言って湯船から上がる。彼の頭の中は、風呂上がりに食べるアイスのことでいっぱいになっているのだ。

残されたこっちの気も知らないで。

「……子供の無邪気さは時々恐ろしい」

「あー……。十年ぐらい経って思い出して、ウギャーッてなるパターンかもね。俺たち的には思い出してもらいたくないけどね」

拓実が笑いながら言う。

「俺はもう、自分で洗えますから大丈夫」

「なんで？　俺は陽登の体を洗ってあげたい。隅々まで、全部」

「あのですね」

陽登は椅子に腰掛けたまま、拓実をじっと睨みつける。

「いい大人が、毎日のようにセックスできませんって……」

「え？　俺は三十二歳だけど、君と毎日セックスしたいよ？」

「…………拓実さんは絶倫だから。そんな、王子様みたいな綺麗な顔して反則です」

最初はありがたいと思ったのだ。体を洗ってくれるのは、手を怪我した自分を労ってくれるのだと嬉しかった。

でも陽登の手の怪我が治ってくるにつれ、拓実の手の動きがどうにも気になり始め、先週からは二人きりになった途端にセックスに突入する日々が続いている。

「君のために、毎日定時で上がっているのに。いや、うちの部署はよほどのことがない限り残業なんてさせないけどね」

「聡と一緒に風呂に入るのは、家族っぽくて嬉しいですよ。でもそれ以外は……」

「陽登は俺が嫌いなの？　俺に触られたくない？」

「そうではなく……っ！　毎日セックスしていたら、そのうち俺は腹上死（ふくじょうし）します」

恥ずかしい。こんなことを言わせないでほしい。

陽登は拓実から顔を逸らしたまま、ボディソープとスポンジを掴んで自分で体を洗い出す。

「あ、こらこら、だめだって。俺に洗わせて」

ザッと勢いよく風呂から上がった拓実が、右手を伸ばして陽登の手から泡だらけのスポンジを奪った。

「陽登が腹上死したら俺だって生きていけない。だからね、そうならないように頑張るよ」

「え」

「そもそも俺を絶倫というのは間違っている。俺は、陽登が四回イッている間に一回しかイッてない。君の方が絶倫なんだ。俺はすぐ射精しないよう努力してるだけ」

「え。あー……俺が、絶倫？　それはそれで嬉しいかもしれないけど……でも、そんなに射精してる覚えない……」

にじり寄ってくる拓実から逃げようと後ずさるが、もう後ろは壁だった。

拓実が王子様スマイルで、「丁寧に洗ってあげるからね」と陽登の体を泡だらけにしていく。

「壁にもたれたまま、足を少し開いてね。綺麗に洗えないからね」

「昨日、したから、今日は何もしないですよね?」

「俺に毎日抱かれるのはいや?」

「抱かれるのは構わないんですが、毎日っていうのが……自分の体がおかしくなりそうで怖いです」

「構わないって……、俺に抱かれるのが好きって言ってくれないの?」

目の前に、濡れ髪の王子様。

切なげな表情を浮かべて陽登を見ている。

「う……。す、好きじゃなきゃ……しません……っ」

「俺に愛されているときはとても素直なのにね。でも、そんな君も可愛いよ。泡でヌルヌルになった体を弄られるのが大好きだよね?」

スポンジを床に放った拓実の両手が、胸に押し当てられる。

「このエロ乳首は、俺が育てたの分かってる? 敏感なだけじゃなくて、すぐに感じられるようになったよね?」

手のひらで乳首を押しつぶしながら胸をゆっくりと揉まれる。彼の言うとおりだ。こんな風にされるだけで、陽登は低い喘ぎを漏らしながら勃起してしまう。

「気持ちいい?」

乳首を弄られながら耳元に囁かれると、「あ、あ」と勝手に恥ずかしい声が出る。

「陽登のおっぱいは柔らかくて、揉んであげるとすぐに乳首が硬くなるから好きだよ。これ、ブラジャーつけてもいいんじゃない？　興奮すると乳輪ごと膨らんで、凄くエロ可愛い」

「耳元で、そんなこと……っ、言わないで……っ、あ、気持ちいい……っ」

泡だらけの胸なので、揉まれるたびに指が滑らないよう食い込んでくるのが凄くいい。毎日のように揉まれているから、乳房があるように錯覚してしまう。

「ひゃ、あっ、あ、そこ、拓実さん……っ、おっぱい、気持ちいい……っ」

「うん。今度ね、可愛いブラジャーとショーツを着けてくれる？　それでセックスしたい。陽登の可愛くて恥ずかしい格好を見たい」

「……………その、記念日か、何かでなら」

拓実さんにそういう趣味があったなんて今知ったぞ。俺の胸を触りまくってるからもしかしてと思ったことはあったけど……。

今は通販があるから、そういうものは買いやすいだろう。拓実が望んでいるなら一度ぐらいならいいかなと思った。好きな相手にここまで甘くなるとは思わなかったが、幸せだからいい。

陽登は「それでどうですか？」と、拓実の返事を待つ。

「どうしよう……凄く嬉しい。別に女装させるのが趣味ってわけじゃなくてね？　自分の恋人に恥ずかしい格好をさせて、その恥ずかしがっているところを見るのが興奮するというか、まあ俺も大概変態だなとは思うんだけど」

「拓実さん」

「んー？」

「そんな爽やかな笑顔で言うセリフじゃない」

「でも俺、嬉しくて。俺の我が儘を聞いてくれる陽登が愛しくてたまらないよ。いっぱい気持ちよくしてあげるからね」

「今日は、これ以上はもうっ、んぅっ、あ、また、そこばっかり、弄るんだから……っ！」

「だって、陽登の乳首は俺が育ててるから……」

硬くなった乳首をくにくにと指の腹で弄られると、体の中が切なく疼いた。勃起した陰茎から先走りが溢れてボディーソープの泡を溶かしていく。

「ぁあっ、は……っ、気持ちいいけど、苦しい……っ」

指の腹で揉まれ、転がされては引っ張られる。爪でカリカリと乳頭を引っかかれて、ヒクヒクと腰が勝手に揺れてしまった。

拓実の見ている前で腰を振るなんて恥ずかしくて泣きたくなる。

「ヤバい。凄く可愛い。もっと腰を振って。ペニスも玉も揺れて凄く可愛い。陽登可愛い」

「や、あっ、恥ずかしいのに……俺……っ、気持ちよくて……だめ、腰、止まらない……っ」

乳首を執拗に嬲られながら、拓実の望み通りに腰を揺らす。腰が揺れるたびに鈴口から先走りが糸を引きながら飛び散った。

はしたない姿を見せているのに、陽登は今までにないくらい興奮している。

「も、俺……射精、したい……っ、我慢してるの苦しい……拓実さん……っ」

「大分感度がよくなってきたけど、乳首だけで達するのはまだ無理だね。どこを弄ってあげようか？　お尻に指を突っ込まれて前立腺の刺激で射精する？　それとも、もっと奥までトントンしてメスイキする？」

拓実の声も上ずっていて、興奮しているのが分かる。

「あ……っ」

「このまま、前から駅弁スタイルでする？　後ろから乱暴に突っ込んでほしい？」

乳輪ごと乳首を強く揉みながら、甘い声で恥ずかしいことを言われた。

これは、陽登がしてほしいことを言わないと拓実は動かない。

「拓実、さん……っ、俺……、キス、してほしい。キスしたいです。拓実さんとキスしたい」

「ああ、ごめんね？　こんなエロい唇が目の前にあったのに」

目を閉じるとすぐに拓実がキスをくれた。

濡れた唇を開いて拓実の舌を迎え入れる。わざと音を立てて唾液を絡め合い、舌の裏側をくすぐるように愛撫をしたら、乳首を強く引っ張られて快感に呻いた。

「は、ぁ、あっ、んんっ」

口の中を舌で弄り回されるのが気持ちいい。唾液が口の端から流れても気にせず、陽登はもっと刺激がほしくて拓実の舌を強く吸った。

「こら、いたずらっ子だな」

拓実が唇を離して低く笑い「そういう子にはお仕置きだよ」と言って、陽登の腰を指先でそっと辿る。

「ふ、ぁ……」

「後ろを向いて」

「俺、前からが……いい」

「だめ。いたずらっ子にお仕置きなんだから、陽登は可愛く俺にお仕置きされていなさい」

「う……」

「返事は？　ほら」

「…………はい」

さっきまで背中を預けていたバスルームの壁と、今度は向き合う。

いきなり腰を掴まれて、拓実の陰茎が尻の割れ目をなぞっていく。凶悪なほど硬く勃起した拓実の陰茎が、尻を左右にこじ開けるようにして後孔に押し当てられた。

「昨日もいっぱい突っ込んであげたから、柔らかいままだね。お仕置きだから、このまま突っ込むよ？」

「あ、だめ、そんな……っ……痛いのは、やだ……、拓実さん……怖いよ……っ」

だが拓実の陰茎が乱暴に挿入されることはなかった。

後孔にはローションが垂らされて、それをなじませるようにして、拓実の陰茎がゆっくりと入ってくる。

陽登の足下に、お試し用のシャンプーらしきものが落ちたが、よく見ると使い切りのローションパッケージだった。

聡に気づかれないよう、拓実が一回使い切りのローションを前もって用意していたようだ。

「俺が君に、本気で痛いことをするわけないでしょう？」

「あ、あ……っ、中が、拓実さんで……広がっていく……っ……」

「気持ちいいね？　後ろからいっぱい奥をトントンしてあげるからね？」

「あっ、あ、無理っ、それ無理……っ、すぐイッちゃう……っ！」

言ったそばから、拓実に一気に奥を突かれて達してしまった。体の中から拓実を締め上げているのが自分でも分かる。よすぎて肉壁が勝手に拓実の陰茎に絡みつくようだ。

「あ、あっ、……俺っ、イッてる……イッてるの……っ、トントンだめ……っ」

「そんな蕩けた顔をして、何がだめなの？　俺のペニスを締め付けて喜んでいるじゃないか。もっと気持ちよくしてあげるから、ね。陽登、可愛い声でいっぱい泣いて」

ズン……ッと、力任せに突き上げられて、揺れる陰茎から勝手に精液が溢れ出す。射精しているのに射精感はなく、精液を垂れ流しながら、肉壁の奥を突かれて感極まる。

「だめっ、そこだめっ、またイッちゃう！　イくイくイくイく……っ！　あーあーあーっ！もういやだあっ！　こんないっぱい、イかなくていいからっ！　拓実さん、拓実さん、もう奥をトントンしないで……っ！」

バスルームに自分の恥ずかしい声が延々と響く。

今はどこを触られても絶頂してしまう。

「可愛いよ陽登。メスイキ、いっぱいできたね。男なのにメスイキして、よがりながら恥ずかしがってる陽登が凄く可愛い。興奮する。でももう疲れたよね。いっぱいイッたもんね？俺が射精するまで、もう少しだけ頑張ってね」

耳や首筋を甘噛みされて「あ」と声が出た。噛まれても気持ちがいいだけ。頭の中は快感でとろとろに蕩けて、拓実にされることが全部気持ちよかった。

「あっ、あ、あ……っ、拓実さんっ、激しいっ、ぁあっ、俺、イッちゃうっ！　あっ、も、だめ、勝手に精液溢れてる……っ、射精してないのに精液出てる……っ、あっ、奥ぅ……っ！そこっ、だめっ！　出ちゃう！　出ちゃう……っ！」

「何が出ちゃうの？」

がんがんと突き上げられながら、陽登は快感の涙を零して首を左右に振った。

「恥ずかしい、だめ、恥ずかしいよ……っ」

「俺に何もかもを見られていて、まだ恥ずかしいの？」

「だって……っ、漏れちゃう……おしっこ、漏れちゃう……っ！」

セックスの最中に失禁するなんてありえない。

陽登は「トイレに行かせて」とお願いしたが、拓実は「だめ」と嬉しそうに笑う。

「陽登の恥ずかしいところ、俺に全部見せて？　ここでおしっこ漏らして」

「だめ、そんなの……だめ……っ」

「風呂場なんだから、お湯で流せば大丈夫だよ」

そう言いながら、拓実が陽登を追い詰める。

腰をがっつりと掴まれて固定され、射精せずに達してしまう奥ばかりを激しく突き上げた。

「ほら陽登。我慢していないで俺に見せて」

「ひゃ、あっ、意地悪、拓実さんの意地悪……っ！　俺、こんなにイッてるのにっ！　やだもうっ！　出ちゃう、おしっこっ！　おしっこ漏れる……っ！　見ないで、やだ、恥ずかしいから見ないで……っ」

「だめ。見せて。陽登の恥ずかしくて可愛いところ」

突き上げられてまた達した。

その締め付けで、拓実もくぐもった声を出して射精する。

「あ、あ、も、だめ……っ、出る、出る……っ！　イッてるのに、おしっこ漏らす……っ、だめ、だめ、漏らす漏らす……っ！　俺、だめ……っ」

拓実の射精を受け止めながら、陽登は失禁した。

最初はちょろちょろと少なかった体液は徐々に量が増えて、二人の足を生暖かく濡らす。

「可愛い……。俺、新たな扉を開きそう……」

「もう開いて……って、拓実さん、また、硬くなってる……っ！」

腹の中で拓実が動く。

陽登は「も、お願い……」と唇を震わせたが、拓実に「俺の二回目の射精に付き合って」と笑顔で言われては、頷くしかなかった。

「愛してるよ、陽登。ありがとう」

「俺ばかり……気持ちよくなってもダメだから……」

「可愛い。陽登が可愛くて俺が死ぬ」

「早いから、死ぬの早すぎ」

思わず笑った陽登に、拓実が「嘘です」と言ってキスをした。

両手の調子がずいぶんよくなったので、拓実と聡の二人から夕食のリクエストを受けた。

今日は拓実のリクエストで、餅料理になった。

夏に餅を食べるなんて季節感が……と思ったが、好きな物を好きなときに食べた方が、何かあったときに後悔しなくていいよなという考えに落ち着いた。縁起は悪いが。

ちなみに、ダイニングテーブルと椅子はまだ来ない。

なのでいつものようにコーヒーテーブルに料理を並べた。

大根餅や磯辺巻き、あんころ餅にきなこ。みたらし団子もある。

コロッケもクリームコロッケやカボチャコロッケの他に、考えつく限りのコロッケを並べた。

揚げ物ばかりなので、サラダは必須だ。たくさん野菜を食べられるように温野菜にし、葉物はおひたしにした。

それらがテーブル一杯に並べられた。

「凄いな。とても嬉しいよ……。なんで俺の好物ばかりなの？　嬉しくて死ぬよ！」

「ははは、死なないで。頑張ってみたかったんです。餅は硬くなったらまずいので、その都度温めます」

聡も「おだんごの表面に焼き色をつけたい！」とリクエストをした。

炭水化物が多めの夕食だが、たまにはこういうのもいいだろう。

……と思っていたら、拓実が焼いた餅でコロッケを挟んで「餅サンド」と無邪気に笑い、聡が「僕も！」と言ってクリームコロッケで力強く挟んで中身が弾けて大惨事になった。

床に零れたクリームは早く処理しないと跡が残るので、ひとまずみんなで掃除をする。最初の頃は「掃除って、何をどうすれば」と狼狽えていた拓実と聡も、今では率先してペーパータオルや雑巾を掴んで汚れを落とす。

これはとってもいいことだ。

俺の教育のたまものだなと、陽登は少しだけえらそうに胸を張った。

散々餅料理を堪能したはいいが、気をつけないと消化不良で腹痛になる。それを心配した陽登は、「大根は消化にいいから」と言って、拓実と聡に温野菜の大根を食べさせた。

最初は「もう入りません」と言った二人だが、ゆず味噌だれをかけてあげたらぺろりと食べた。本当にこれでごちそうさまだ。

「美味しかった……っ！」

「まったくだ。いろんな食べ方があって楽しかった。ありがとう陽登。……ところで陽登は、九月からの休業の準備はできた？　ウェブページにお知らせを出しておいてね。俺の都合でアメリカに連れて行くんだから、休業に関してトラブルが起きそうなときは言ってくれ」

陽登は「その話ですが」と直立不動になった。その隣に聡も立つ。

二人は真剣な顔で拓実を見つめた。

「どうしたの？　二人とも」

「俺はあなたと一緒にアメリカには行きません」

「僕も！　拓実ちゃんに会えないのは寂しいし悲しいけど……」

「え？　え？　待って！　一緒に行くって約束したよね？」

拓実が慌てて立ち上がり、陽登と聡の顔を交互に見た。

「拓実さんが、一緒に行こうって言ってくれたのは嬉しいです。でも俺は日本であなたの帰りを待ってる。聡の傍にいる人も必要だ」

聡が陽登の手を握りしめて深く頷いた。

「拓実ちゃん、僕ね、学校の友達がいっぱいできたんだよ？　だから大丈夫だよ。陽登ちゃんと一緒に、拓実ちゃんが帰ってくるのを待つよ」

「でもね、二人とも……」

「俺はもう、あなたのパートナーです。あなたが好きだから待っていられます。ね？　拓実さん、好きなこと、やりたかったことをいっぱいしてきてください」

「そうだよ拓実ちゃん。それで！　拓実ちゃんが帰国したときは、僕はもっとかっこよくなってるはず！」

聡が、呆然とした表情で立っている拓実の右手を両手で掴み「僕は大丈夫」と笑顔を見せる。

「そうか」

拓実が何度も頷きながら「だったら俺も頑張らないと」と言った。

「頑張ってくださいね。あ、たまには休んでくださいね？　それと、失敗することもあると思うので気に病まないで。どんなことがあっても、俺は阿井川拓実という人間が好きですから。これに関しては心から安心してください」

子供がいる前で少しばかり照れくさいが、でも、言っておこう。

陽登は真面目な顔で拓実を見つめた。

「俺もだよ、陽登。俺も、日野田陽登が好きだ。君の存在が俺の癒やしだ。愛している。俺の愛しい人は君だけだ」

拓実の左手が伸ばされ、陽登の頭を引き寄せる。

「僕！　お風呂の掃除をしてこようかな！」

聡が顔を真っ赤にして二人から慌てて離れ、リビングから出て行った。

「小学生に気を遣わせてしまうなんて……」

「さすがは俺の甥だ。……ということで、キスしてもいいかい？」

「だめです。もっと違うこともしたくなる」

「う……っ」

拓実がのけぞりながら呻いた。

「あの、あなたに浮気されないように頑張る時間は作りますので、それまでは我慢してください。我慢できますよね？」

「それを言うなら俺の方だ。俺だけが、君をどこまでも愛することができるって教えてあげないとね。俺以外では満足できない体にするから覚悟して」

「それは、もうなってますから……」

少しでも気を抜くと、このままベッドに直行したくなる。

陽登は唇をきゅっと噛みしめて堪え、それから深呼吸をする。

「それと……聡君と遊ぶ時間を作ってください。俺が写真を撮ります。思い出をいっぱい作ってあげてほしい……」

「ちゃんと考えているから安心して」

ふわりと優しい笑みを浮かべる拓実は、やはり王子様だ。プリンスのふわふわ笑顔に癒やされながら、陽登は「よかった」と笑った。

雲一つない秋の青空を見上げる。

拓実が「愛しているよ」と言い残して渡米して、一ヶ月が経った。

陽登はというと、聡の保護者になるという面倒な手続きを済ませて、晴れて聡の同居人となった。阿井川家から何も言ってこないのは、きっと拓実が根回しをしてくれたのだろう。

そして陽登は今、田中リサとの約束を守るべく、彼女の家に出張している。

火傷の痕が残った両手で料理を作り、手際よく最後の果物の飾りをのせ終えた。桃のケーキのできあがりだ。

「日野田シェフ復活ね！　出張シェフ再開第一号にうちを選んでくれて嬉しいわ」

田中リサが両手を叩いて陽登を褒め称える。

「手の火傷痕……先生から見てどうですか？　ちょっと怖い？　痛そう？　聡が怖がらないから俺じゃ分からなくて」

「ちょっと赤くなってるな……ぐらいよ？　ほんと。気にするほどじゃない。逆に、そんなの気にする顧客なら切りなさい。そしてその分、うちに来て」

相変わらずの彼女に、陽登は「そうですね」と笑った。

「で？　遠距離恋愛はどう？　離れて暮らして一ヶ月でしょ？　寂しくない？」

「寂しいときは、ウェブで通話できますから問題ないです。大体、聡が一方的に喋ってます。拓実さんは父親の顔で話を聞いてますよ」

陽登にとって、今のプライベートを話すほど親しい間柄の人間は、今は自分の後見人になってくれている弁護士と、田中リサだけなので、すっかり何もかも話した。

弁護士には「実は敬吾さんは、『陽登が幸せになれる相手なら誰でもいいけど、そのときはおめでとうと言ってやってくれ』と言葉を残していたんですよ」と言われて不覚にも泣きそうになった。いや、泣いた。

リサも心から喜んでくれて「うちもＲＩＶＥＲＮＥＴに入るわ」とまで言った。

「でも、さすがに年末には帰国してくれるんでしょ？　あなたの王子様は」

「王子様って……はは。そうですね。多分。この間秘書の伴佐波さんが来て、『部内でプリンス不足だから年が明けてからアメリカに行こうかって話が出てます』と教えてくれました」

「じゃあ日野田君も……」

「いやいや。俺は仕事があるから行きませんが、聡は一週間ぐらい行かせてあげようかと」

するとリサは「んふふ」と気味の悪い笑みを浮かべて「やせ我慢ね」と言う。

意味が分からない。

「いや、俺は仕事を再開したから忙しいんですよ？」

「だからこそ王子様が一時帰国するのよ。忙しくて疲れたときに王子様に優しくしてもらいたいでしょ？」

彼女は自分の直感に納得し、「そのケーキ、早くちょうだい」と両手を揉んだ。

「はい。リクエストの桃のケーキです」

一切れカットして、パステルブルーの皿にのせて出す。

飲み物はハーブティーを合わせた。

リサはそれを恭しくフォークで口に運び、目を閉じた。そして「うん。いつもの日野田君の味」と言った。

安堵の吐息が漏れる。

聡はなんでも美味しく食べてくれるが、やはり仕事を再開するとなると顧客の舌に頼ってしまう。

「肉じゃがとなすの田楽も持ってきて」

「え？　旦那さんを待たなくていいんですか？」

「少しだけなら大丈夫」

乞われたらダメとは言えない。

陽登は困り顔で笑って「少しだけですよ」と小鉢に肉じゃがを盛り、取り皿に一番小さななすの田楽をのせて彼女の前に出した。

「素敵ね。お酒が飲みたくなる」

「旦那さんは、先生と晩酌できるのをいつも楽しみにしているんですから、一人で始めちゃダメです」

「はーい。…………相変わらず、ほんと…………美味しいっ！　前より美味しくなってるわよ？　どうして？　やはり王子様の愛かしら。不思議ね〜。でも美味しいからいいわ！」

あっという間に小鉢と皿は空になった。

これ以上の感想はない。

陽登は小さく頷いて「自分は大丈夫だ」と確信した。

仕事は再開したが、一度離れた顧客が戻ってくるのは難しいかもしれない。

それでも、自分の作った料理を「美味しい」と言って食べてくれる人がいる限り、陽登はこの仕事を辞めるつもりはない。

新しいノートパソコンにも慣れた。

ウェブサイトから今の予約状況を確認すると、常連客が三名ほど「待ってました！」と予約を入れてくれていた。

それでも今はまだ、週に二回か三回の出張シェフだ。

聡は「僕は陽登ちゃんが家にいてくれるのは嬉しいけど、お仕事している陽登ちゃんも好きだから複雑」と生意気なことを言うようになった。

拓実が渡米したあとに、学校の「仲良しグループ」の子たちと外で遊ぶようになり、たまに家にも連れてくる。最初の頃の引っ込み思案はどこへやら、最近はずいぶん腕白(わんぱく)だ。

陽登は、聡の友人の中では「凄い美味しいおやつを作るお抱(かか)えシェフ」で通っている。

「拓実ちゃんたちのことは世の中には秘密」と子供ながらに決意していたようだが、「お抱えシェフ」が広まったので陽登はそれでいいと思っている。

学校から渡された成績表も、体育以外はまずまずだ。

拓実とはウェブカメラを駆使(くし)して近況を報告し合っている。会いたくなるので、本当は声も聞きたくないし顔も見たくないのだが、それはそれでまた別の辛さがあるので文字チャットだけの交流はやめた。

年末年始の休暇はあるのか、日本に一時帰国できるのか聞きたかったが、拓実が仕事のスケジュールを無理に詰めるのがいやだったので、「俺は平気だよ」の顔をする。その分、聡が「拓実ちゃんに会いたい！」と叫んでくれた。

時差のせいで頻繁に会話はできないが、それは仕方がないことだ。

ここのところ、昼と夜とで気温の差が激しく、朝晩はエアコンをつけている。

加湿器が欲しいが、これはあとで拓実にメールで聞いてみよう。

「……今日の晩飯は」

と考えたところで、聡が阿井川本家に泊まりがけで遊びに行ったことを思い出した。

昨日、仲良しグループとの楽しいクリスマスパーティーがお開きになってから、伴佐波が拓実に託された聡へのクリスマスプレゼントと、一通の手紙を携えてやって来たのだ。

そこには、

「お祖母ちゃんです。冬休みになりましたね。聡君、お泊まりにおいで。みんなで餃子を作りましょう」

とだけ書いてあった。

人見知りをしなくなってきたとは言え、聡にはちょっとした試練だが、きっと乗り越えてくれるはずだと着替えと宿題と子供用のスマホを持たせる。

「うん。僕、行ってくるね！　お土産は何がいい？　陽登ちゃん」

聡の顔には不安は見えなかった。彼は堂々と正面から陽登を見つめた。

拓実に今の聡を見せてやりたい。「男子三日会わざれば刮目して見よ」だ。

「何も要らないよ。宿題のドリルは毎日二ページだからね、それは忘れないで。歯磨きもね、気をつけるんだよ」

そう言って、手作りのパウンドケーキを持たせて送り出した。

困ったら電話をしなさいと言ったが、今まで何事もないので大丈夫だろう。仮に必死で我慢しているとしたら、帰宅したらその健気さを褒めてやろうと思っている。

「年末は一人か。……でもまあ、家でのんびりするのもいいか」

加湿器だけでなく、こたつも買いたいとメールに追記しておこうか。

そんなことを思いながら、夕食をどうするか冷蔵庫の中を確認しようとソファから立ち上がった。

すると、玄関からかすかな音がした。

金属が擦れるような、そっとドアを開ける音に似ている。

「……？」

動きを止めて意識を玄関に向ける。今度は人の気配がした。

強盗か何かだとしても、ここまでどうやって来たのか。もしかしたらコンシェルジュか誰かを人質にしてここまで来たのだろうか。

陽登は素早くキッチンに向かうと、叩いたら多分これが一番痛いと思われるステンレス製のフライパンを両手に持った。

もちろん人を殴った経験はないが、腕力には自信がある。

陽登は玄関に向かう廊下横の壁に隠れて、フライパンを構えた。足音を隠そうともしない図々しい奴だ。ここはフルスイングで行こう。

息を詰めてタイミングを計る。

そして、ここだ――と力任せにフライパンをフルスイングした。

だが相手が咄嗟に避けたせいで空振(からぶ)った。

「なんで避けるっ！」

「なに？　え？　一体何があった？　何が起きた？　なんで？」

避けて床に尻餅をついたのは、スーツ姿の拓実だった。

陽登はフライパンを握りしめたまま固まる。

もし彼が避けてくれなかったら、自分は大事なパートナーを撲殺(ぼくさつ)した犯人として警察に自首しなければならないところだった。

「え……？　陽登？　不審者でも出たの？　大丈夫かい？」

拓実が陽登を見上げて心配する。

「俺の心配じゃなく……っ、自分の心配をしろよ……っ！　あやうく俺に殺されるところだったんだぞっ！　このフライパンはステンレス製なんだから！　重くて痛いんだから！」

恋人に怪我をさせずに済んだ安堵と、久しぶりに会えた感動、そして連絡ぐらいしろという怒りが混ざり合って涙が出てきた。

「え？　俺が不審者？」

「帰国するならするって……電話を寄越(よこ)せよっ！　くっそ！」

「あー………ああ、でも、驚かせたかったんだ。サプラーイズ」

　宝石をちりばめたようなまぶしい微笑みは相変わらずで、両手を広げる姿も様になっている。

ただし、最後のサプライズの発音がよくて苛ついた。

「サプライズって……馬鹿かよ！」

「そんな馬鹿でも、君のパートナーです。ほら、ハグしてハグ！」

　理不尽な悔しさを抱えたまま、陽登は床に膝を突いて拓実の腕の中に収まった。

　ああ、良い匂い。冬の匂いが混じった俺の好きな拓実さんの匂いだ。……大好き。

　首筋に顔を埋めて、しばらくぶりに再会した恋人の匂いを堪能していると、低く呻かれた。

「ごめん……っ！　強く抱きしめすぎた？」

「違う。……セックスしたいのを我慢してる。冬休みだから聡がいるだろう？　まずは一時帰国の挨拶を……」

「聡は昨日から阿井川家にお泊まりです。なんでもみんなで餃子を作って食べるらしい。拓実さんのお母さんが唯一美味しく作れるのが餃子でしたよね？　みんなでパーティーするって。聡がその中に入れてよかったです」

「あの子が？　一人で？　嘘……」

「拓実さんが渡米してから、自分でも強くならないとって思ったんじゃないですか？　ずいぶん活発になって、お友達をうちに連れてきたりしますよ？」

「あの、大人しくて引っ込み思案で人見知りする子が？　俺、まだあの子の友達に会ったことがありません……」

自分を抱きしめたままため息をつく恋人に小さく笑い、陽登は「子供の成長は早いですから」と言った。

「そうだね。……ふむ、そうか。じゃあ聡は実家か。帰りはいつ？」

「聞いてないです。宿題も一緒に持たせたので、帰宅は年明けだと思います……」

「そうか！　じゃあ、陽登を堪能させてくれ」

「俺も、そのつもり、です。あなたの匂いを嗅いだら、体がおかしくなった……」

「うん。俺もだ。陽登の匂いが気持ちいい……。そうだ、言ってなかったね。ただいま帰りました」

耳元で囁かれるだけで、腰が砕ける。

陽登は拓実の腕の中で「お帰りなさい」と言ってから、「それは反則」と文句を言った。

見つめ合っているだけでは我慢できず、すぐに唇を触れあわせる。

温かくて柔らかい。

拓実の唇が少しかさついていたので、陽登は子猫のようにペロリと舐めた。

「ああもう……、俺を煽るのが上手いよね。可愛い。……ところでクリスマスプレゼントは俺でいいかな？　指輪もあるんだけど、料理を作る君の邪魔になったら嫌だし……」

「全部欲しい。俺、全部欲しいよ、拓実さん」

「そう言ってくれると思った。今からプレゼントもらって。早く包みを破ってくれ」

ネクタイを緩めながら煽ってくる拓実に、陽登の体が興奮で震える。

「俺も……拓実さんが足りない」

「だよね。オナニーしてた？」

「そりゃあ………たまには」

「俺にされたことを思い出しながら？」

「当たり前だ、ばか。俺にはあなたしかいないんだから……」

「可愛いっ！」

拓実が、陽登を抱きしめたまま物凄い勢いで立ち上がる。

「だめもうだめ！　今からセックスだ！」

「うわっ！　ちょっと待って！　拓実さんが先に寝室に行っててください！　俺には準備があるんだから！」

「準備なら俺がしたい」

「だめ！」

陽登は体をねじって拓実の腕から逃れると、「いい子だから、待っていて！」と怒鳴った。

「……はーい」

しょんぼりと肩を落として寝室に向かう拓実には申し訳ないが、陽登にはしなければならないことがあった。

パウダールームに入ってカギをかける。

拓実と再会したときに、吟味に吟味を重ねて通販で買い求めたものを使用する。

形だけはゴージャスでも穿き心地が悪いのはいやだったので、通販は何度か失敗した。返品不可のものばかりで、ずいぶんと高い授業料を払った。

ようやく思っていたとおりの物を手に入れることができたが、これまたいいお値段の代物だった。五枚まで送料が同じだったので、開き直って五枚も買い求めてしまった。

拓実が使っていたコロンをコットンにしみこませ、ポプリ代わりにしてしまい込んでいたものが、今日、ようやく日の目を見る。

「どれがいいかな……。サプライズプレゼントだから……」

クリスマスは終わったが、サプライズプレゼントはいつ渡してもいいだろう。

さっさと服を脱いで浴室のドアを開け、シャワーを浴びながら後ろの準備をする。自分で指を入れて、なじませ、ピストン運動を繰り返す。それから中で指を動かして柔らかくなるまでマッサージをする。ここである程度ほぐしておけば、拓実の愛撫で体から力が抜けたときにちょうどよくなるはずだ。

これ以上やったら……オナニーになっちゃうから我慢しろよ、俺。

何度も深呼吸をして気持ちを落ち着かせて、バスルームを出て体を拭く。

パウダールームのリネン棚の中から小さな箱を取りだして蓋を開けた。中から一つ選んで穿く。上はタンクトップを着てからオーバーサイズの長袖シャツを着た。

「はしたない格好すぎて、ヤバい……」

オーバーサイズのシャツは膝丈で、太ももが半分見える。陽登は鏡の中の自分を見ているのが恥ずかしくて、スリッパを引っかけるようにしてパウダールームから出た。

その勢いのまま拓実の寝室のドアを開ける。

「サ、サプライズ……っ！」

黒のボクサーブリーフ一枚でベッドの上でくつろいでいた拓実の目が、まん丸になった。

「な、なんか……言えよ……っ！　俺が恥ずかしいだろっ！」

「いや、ほら……言うより、俺のペニスが素晴らしい反応で……」

拓実が、すっかり形を変えた自分の股間を指さして笑う。

「確かにサプライズだ。囓り甲斐のありそうな眩しい太もも。可愛いよ陽登。オーバーサイズのシャツだと、彼シャツがイメージかな？」

「いや、その……そこまで頭が回ってないけど……でも、隠したかったから……」

「どこを隠したかったの？　すぐにお漏らししちゃう恥ずかしいおちんちん？　それとも、柔らかなおっぱい？」

「……拓実さん、アメリカに行ってもっとエロくなりました……？　言い方が、聞いてて恥ずかしい……」

しかもいつもより視線がねっとりとして、体中を舐められているような感覚に陥る。

「だってアメリカには君がいないもの。ほら、こっちにおいで。俺に触らせて。陽登のいろんな顔を俺に見せてくれ」

「その、サプライズは……実は、まだ、あって……」

「ん？　何？　お尻にローターが入っているの？　それともバイブ？」

「ち、違う……」

拓実がニコニコしながら体を起こして、ベッドの上にあぐらを掻いた。

恥ずかしいが、拓実のために頑張った証拠を見せてやりたい。陽登は、両手でシャツの裾をめくり上げる。

「これ……」

拓実の顔から笑みが消えた。

「前に、拓実さんが、その、可愛いブラとか下着とか……言ってたから、俺、ブラはさすがにハードルが高かったけどパンツならと思って……」

純白のシルクジャージーと柔らかなレースで作られた繊細で清楚なショーツは、陽登が購入したもののなかで一番触り心地がよかった。ストレッチが効いているので、勃起さえしなければ性器もどうにか収まる。

「あの、拓実さん……？」

彼はさっきから固まったままだ。

……もしかして俺、やり過ぎたか？　やっぱり男のこんな恰好は変態だよな。見せたがりの痴漢かよ、俺……。

顔がだんだん熱くなって、いい年をして何をしているんだという罪悪感と後ろめたさに押し潰されそうになる。

「やっぱり、この恰好はドン引きですよね？　俺……着替えて……」

「何を言ってるんだ陽登」

「だって拓実さん……固まったまま何も言わないから……やっぱり俺に女性下着なんて無理なんだって思って……」

「違うよ！　想像していたよりも似合っていてびっくりしたんだ！　俺の想像を超えた！　アメージング！」

真顔で褒められてもちょっと怖いが、不評ではなくてよかった。そのままシャツの裾を下ろそうとして、「それはだめ！」と止められた。

「まったく君は、俺の留守の間にどれだけいやらしい子になったんだ？　もうちょっと、こっちにおいで。ベッドサイドまで来て、その破廉恥（はれんち）な下着を俺によく見せて」

「は、破廉恥だなんて……そんな言い方……」

拓実がベッドサイドに移動して腰を下ろし、嬉しそうに目を細めて「でも陽登は感じてるよね？」と言った。

「あ……、これは、その」

「光沢からいってシルクかな。レースが控えめで上品だ。縫製もいい」

「拓実さんに喜んでもらえたらいいなと思いながら、必死で選びました。女性サイズはよく分からなくて……」

「でも、よく似合っているよ。とても可愛い。恥ずかしいのを我慢して、シャツをたくし上げている姿もいい。ちょっと写真撮るね」

「えっ！」

スマホを操作する拓実の動きは素早かった。あっという間に陽登の恥ずかしい写真は拓実の鍵付きギャラリーに収まる。

「ね、シャツを脱いで」

「……また、写真、撮るんですか？」

「当たり前だ。俺が海外にいる間の貴重な宝にするんだから。ね？　それならいいよね？　俺しか見ないし、ちゃんと鍵付きフォルダーに入れておく。陽登のいろんな姿を、いっぱい保存させて」

「だったら……俺も、ほ、ほしい、です。拓実さんの、匂いだけじゃなく、俺に気持ちいいことをしてくれてる拓実さんの、姿……」

シャツを脱ぐと、ショーツと同じシルクジャージーのタンクトップが現れる。白いタンクトップの胸の部分はずいぶんぴったりとしていて、乳首の位置がすぐに分かった。

「またサプライズだよ。どこまで俺を喜ばせれば気が済むの？　陽登」

「もう、いつまでも見てないで、そろそろ俺に触ってください」

「うん。でも、まずはショーツの上から触らせて」

するりと、股の間に拓実の右手が入って、ショーツに包まれた玉を手のひらで撫でる。

「ふっ、ぅ……っ」

優しく、転がすようにやわやわと揉まれていると、興奮した陰茎が先走りを滲ませながらレースを押し上げた。

「もう先っぽが顔を出しているよ。ぬるぬるだね、可愛い」

「ん、ん……っ」

陰嚢ばかり可愛がられていると下腹の中が切なくなってくる。もっといっぱいいっぱい、いろんなところを可愛がってほしい。

「拓実さんに、いっぱい触りたい。いっぱい触ってほしい……っ、今はじれったいの嫌だ」

陽登は自らベッドに上がり、大きな枕に埋もれるように仰向けに寝転がった。

その様子を写真に何枚も撮られる。

「陽登。俺は君のおっぱいを堪能したい。俺が留守の間、乳首でオナニーした？」

拓実の大きな手が両方、タンクトップの上から胸を揉む。ゆっくりと力強く揉まれて、恥ずかしい声が出る。

手のひらで何度も擦られて、乳輪が膨らみ乳首は摘まめるほど硬くなった。拓実の親指と中指で擦られ、中指でカリカリと乳頭を引っ掻かれる。

「ひっ！　あっ、ああっ、それ……っ、だめ、俺、すぐ出ちゃう……っ」

「こんな敏感だった？　タンクトップ越しに弄っているだけなのに、腰が浮いているよ」

両方の乳首だけを爪で延々と引っかかれ、陽登の足がぴんと張った。つま先を丸くして今にも達しそうに震える。

「あっ、乳首っ、そこっ！　ああ、だめ、だめだから、拓実さんっ、そこばっかりだめっ」

「俺に弄られたことを思い出しながら、乳首を弄ってオナニーした？」

「あ、ああっ、した、しました……っ、拓実さんがいないのが寂しくて……っ、一人で弄って、いっぱいいじめて……、でも……っ」

「なんて可愛いんだ」

陽登の喘ぎ声は、拓実のキスにすべて飲み込まれる。

丁寧に舌を使って口腔をまさぐられ、舌を吸われると嬉しくて涙が出てくる。敏感な上あごを舌で乱暴に舐められるたびに体がびくびくと震えて、可愛いショーツにねっとりと先走りの染みが広がった。

「ふっ、ぁ、ああっ、拓実さん！　気持ちいい……っ、口の中も、乳首も、全部……っ」

「陽登の味はエロくて美味しいよ。おっぱいも柔らかくて気持ちいいし、乳首はコリコリしていじめ甲斐がある。本当に可愛いよ」

タンクトップ越しに、左の乳首を強く吸われた。

「あああああっ！」

ガクガクと腰が揺れて、背が仰け反る。その反応が楽しかったのか、拓実は今度は歯を立てて扱きだした。右の乳首も、力を入れて先端を引っかきだす。

「ひゃ、あっ、あ、あ、あ、乳首だけっ、あっ、そんな噛まれたら俺っ、せっかく可愛いショーツを穿いたのに汚す……っ！　ぁああんっ」

「いっぱいオナニーしたなら、ここでイけるよね？」

拓実が喋るたびに乳首に歯が当たって、脳裏に快感の火花が飛び散った。気持ちよくて苦しいのに、もっとしてほしいとねだりたい。

「は、はっ、ぁ……」

陽登は乱暴にタンクトップをたくし上げて、「ここ、ね、ここ、直に噛んで、弄って、いっぱいいじめて。恥ずかしいことして、拓実さん、俺、乳首で、絶頂するっ、お願い、お願い、拓実さんに弄ってほしい。ずっと寂しかった……っ」とあけすけにねだった。

「はは……たまらないな。俺が陽登をここまでエロくしたんだ。ぷっくり膨れた乳輪も硬くてコリコリの乳首も、みんな可愛い」

ちゅっちゅっと乳首にキスを落とされ、舌と唇で味わわれてから、また噛まれた。今度は乳輪ごと噛まれて強く吸われる。

陽登は快感に悲鳴を上げながら足で宙を蹴った。快感をむさぼろうとして勝手に動く腰も止められない。

「拓実さん、拓実さん……っ！　俺、俺……、なんか変……、怖い、怖い怖い怖いっ」

陽登は力任せに拓実の頭を掻き抱いて達した。

達したのにいつまでも快感の波が引いてくれなくて、「怖い怖い」と拓実にしがみつく。その動きでまた達した。

「大丈夫だよ、これも気持ちがいいっていうんだ」

「ん。でも、こんなの……初めてだから……」

「これから何度も乳首でイかせてあげれば、慣れるから平気」

「う……。まだ、動かないでほしい、体が、変な感じ……」

「じゃあ、もう少し待っていてあげるね。俺も、どうやって陽登の可愛いショーツを脱がさずに挿入できるか考える」

「そういう場合は、脱がせましょう」

「でも、可愛いショーツを穿いてるから、それも堪能したいんだよ。横から入れてショーツが伸びたら嫌だし……」

「下着は、今度は拓実さんが買ってください。それでいいですよね？　だから、俺が買ったものは気にしないでください」

「じゃあね、ショーツを全部脱がさないままで、挿入させてね」

ずいぶんとこだわりがあるんだなと思いつつ、陽登は「拓実さんのしたいことが、俺のされたいことだから……」と言って、またしても拓実を喜ばせた。

再会のセックスは燃えに燃えて、気がついたらもう次の日の明け方だった。

「こんなに長い間セックスをしたのは初めてだ……」

ベッドに伏せたまま思わず呟いた言葉に、拓実が「俺もだよ。腰が軽すぎてなんか変」と同意する。

「俺は……足が閉じなくて、は、恥ずかしい……」

「無理をさせてしまったね。今日はゆっくりしよう」

拓実がシーツを新しい物に取り替えて、陽登の体をぬれタオルで拭いてくれた。当たり前のようにしてくれる優しさが嬉しい。彼の「夫感」がたまらなく好きだ。

「それは……いやだ。少し休んだらきっと動けるようになりますから、この家のことは俺にさせてください。あと、料理は絶対に拓実さんにはさせません」

「ふふふ……可愛いことを言ってくれるね」

「あと……」

「んー？」

「聡に連絡してください。自分の欲望を優先しないで」

これに関しては陽登も強く言えないが、今ここで言っておかなければダメだと思った。

「そうだ。昼までに実家に連絡するよ。聡にお年玉もあげなくちゃ」

「きっと喜んでくれます。なんなら、実家に行けばいい。この家は俺がちゃんと毎日綺麗にしてますから」

すると拓実がスマホのライトで陽登を照らす。

海外のサスペンスドラマで、警官が暗い屋内（おくない）を調べるシーンを思い出した。

「ちょっと、拓実さん」

「何言ってんの？　君も連れて行くに決まってるでしょ？　君は俺のパートナーなんだから」

「いやいやいや」

そんなことは無理です。俺に、阿井川一族の餃子を食べる資格はありません。

資産家一族の息子が、男のパートナーを実家に連れて行くなんて、考えただけで恐ろしい。

「俺は、拓実さんが俺を認めてくれるだけでいいんです」

自分が存在をアピールしたことで波風を立ててしまい、向こう様から「別れなきゃ拓実と縁を切る」なんて事態に発展されたくない。拓実の足を引っ張らずに応援したいのだ。

なのに。

「陽登のことは、すでにうちの家族は知っているよ。年末年始で、近しい親戚に知らせるんじゃないかな。従兄（いとこ）が、今度の阿井川一族の新年会は凄いらしいって浮かれていたから」

「待って」

「兄と姉は、聡が瞬時に懐いたのが凄いって、とにかく君に会いたがっている」

「拓実さん、待って」

「両親は厳しい人たちだが、パートナーの性別に寛大なのがこれからの社会か……と君を受け入れてくれた」

「俺に一言の相談もなくっ！　よくも勝手にカミングアウトしてくれましたねっ！」

叫んでから尻の痛みに呻いた。

「君が俺の実家で苦労しないよう、根回しをしてから渡米しました。ダメだった？」

全裸でベッドの上に正座する拓実に、陽登は寝転がったまま「大事なことは俺にも相談してください」とため息をつく。

愛と善意の暴走なのは分かっているので、これ以上は怒りにくい。

「分かった。秘密は持たない。何があっても、これからはちゃんと君に相談するよ。俺の大事なパートナーだ。愛しているよ陽登」

「俺も、あなたに秘密は持たない。何があっても相談する」

「結婚の誓約みたいだね」

拓実が笑い、陽登も「そっか」と頷いた。

拓実の仕事が一段落して帰国したら、男同士でも式を挙げてくれる教会を探して結婚式を挙げよう。この人はそういうの好きそうだからな……。聡君と、俺の弁護士さんと、田中先生に参列者になってもらおう。

陽登は、我ながらいい考えだと思って薄暗がりの中で小さく笑った。

「何笑ってんの？　二度寝するからこっちにおいで」

「はーい」

眠くてだるくて腕も上がらないくらい体力は使い果たしていたが、それでも、愛する人に「おいで」と言われたら、根性で動く。

陽登はころりと転がって拓実の腕の中に落ち着いた。拓実の体臭はやはり嗅いでいて気持ちがいい。

「拓実さん、いい匂い……」

「そう？　俺は、陽登の方がいい匂いだと思う。好きな人の匂いはいい匂いなんだよ」

「うん」

「ゆっくりお休み、陽登。愛してるよ」

拓実が陽登の髪にキスをして目を閉じた。

陽登は拓実が寝息を立てるまで、彼の心臓の音を聞く。なんて愛しい音だろう。

「俺も愛してる、拓実さん」

次に目を覚ましたら、拓実の好きなコロッケを作ってやろうと心に決めた。

あとがき

こんにちは、高月まつりです。

ご飯を作ってくれるのは、受け攻めどっちも嬉しいのですが、今回は受け・陽登君に美味しいご飯を作ってもらいました。

私も冷蔵庫に作り置きをいっぱい作ってほしいです。あと、掃除もしてほしいな……と思いながら書いていたので、拓実さんが羨ましかったです。ホント。

そして、表紙と本文のイラストを描いてくださった相葉キョウコ先生、本当にありがとうございました。ラフの段階から「ヤバイ」しか出てきませんでした。拓実さんは格好良すぎるし、陽登君はカッコ可愛い。そして聡君は愛くるしくてたまりません。素晴らしいイラストをありがとうございました！

実はこの小説を書いている途中でパソコンの不具合が起きて、それはもう途中で心が折れそうな出来事が襲いかかったのですが、折れずに復活することができました。よかった。

それでは、また次回作でお会いできれば幸いです。

Twitterにて新刊のお知らせや近況などを語っております。よろしかったら「kouzuki3」もしくは「高月まつり」で検索してください。

宣材写真
キリッ
スーツからコック服まで
様々なシチュエーションの二人と
聡君が描けて楽しかったです！
読んでいてあまりにも
お腹が空いてしまい
途中で私もピザを食べました
相葉キョウコ
んーーー……
その格好でってのも
なかなか……
俺今包丁
持ってますよ

初出一覧

ダリア文庫をお買い上げいただきましてありがとうございます。
この本を読んでのご意見・ご感想・ファンレターをお待ちしております。

〒170-0013 東京都豊島区東池袋3-22-17　東池袋セントラルプレイス5F
(株)フロンティアワークス　ダリア編集部
感想係、または「高月まつり先生」「相葉キョウコ先生」係

この本の
アンケートは
コチラ！

http://www.fwinc.jp/daria/enq/
※アクセスの際にはパケット通信料が発生致します。

エリート王子が専属ご指名 ～愛されシェフの幸せレシピ～

2020年8月20日　第一刷発行

著　者
高月まつり

発行者
辻 政英

発行所
株式会社フロンティアワークス
〒170-0013 東京都豊島区東池袋3-22-17
東池袋セントラルプレイス5F
営業　TEL 03-5957-1030
編集　TEL 03-5957-1044
http://www.fwinc.jp/daria/

印刷所
中央精版印刷株式会社